Ingvar Ambjörnsen

Giftige Lügen

D1668809

Unionsverlag
SANSIBAR

Der Autor

Ingvar Ambjörnsen wurde 1956 in Norwegen geboren. Nach einer kurzen
Schulkarriere begannen lange, unruhige
Jahre in den Randgruppen der Gesellschaft: seine Lehrzeit als Schriftsteller.
Seit 1985 lebt er mit seiner Ehefrau, der
Übersetzerin Gabriele Haefs, in Ham-
burg. Dort schreibt er hauptsächlich ungeschminkt sozial-
kritische Jugend-, aber auch Erwachsenenkrimis. Er erhielt
u. a. das Hamburger Literaturstipendium 1986 und das Literaturstipendium 1988 der Stadt Lübeck mit Stadtschreiber-
wohnung im Buddenbrock-Haus.

Über dieses Buch

Eltern können manchmal ziemlich lästig sein. Vor allem wenn
man sie zu Pfingsten bei einem Familienbesuch begleiten
muss. Zum Glück erlauben Peters Eltern, dass sein Freund
Prof mitkommen darf.
Und dann wird's plötzlich doch noch spannend. Die Freunde
der Eltern wohnen in einem malerischen Ort am Meer. Aber
der idyllische Eindruck trügt: Der Fjord ist mit umweltschäd-
lichen Giften verseucht, und die einzige Fabrik am Fjord
kann beweisen, dass sie keinen giftigen Abfall ins Wasser
kippt, sondern ihn zur Weiterverarbeitung nach Deutschland
schickt.
Die jungen Detektive müssen ein riesiges Netz von giftigen
Lügen entwirren und verstricken sich dabei in ein nicht ganz
ungefährliches Abenteuer.

Die Übersetzerin

Gabriele Haefs, 1953 geboren, studierte Volkskunde, Skandinavische und Keltische Sprachen sowie Vergleichende Sprachwissenschaft in Bonn, Hamburg, Dublin und Oslo. Seit 1983 hat sie über 80 Bücher für Jugendliche und für Erwachsene – vor allem vom Norwegischen ins Deutsche – übersetzt. Gabriele Haefs wohnt in Hamburg, mit Nebenwohnsitz in Oslo.

Stimmen zum Buch

»Nicht nur eine spannende Ferienlektüre, Ambjörsen zeigt auch auf, wie wichtig es ist, beim Umweltschutz scheinbar ›saubere Lösungen‹ zu hinterfragen.« *Böblinger Bote*

»In der Tradition Erich Kästners.« *Magazin für Aachen*

Von Ingvar Ambjörnsen sind in der Reihe Sansibar außerdem lieferbar: »Die Riesen fallen« und »Endstation Hauptbahnhof«.

Mehr Informationen auf Internet:
http://www.unionsverlag.ch

Ingvar Ambjörnsen

Giftige Lügen

Peter und der Prof

Aus dem Norwegischen von Gabriele Haefs

Unionsverlag

Die norwegische Originalausgabe erschien 1989
unter dem Titel *Giftige logner* im J. W. Cappelens
Forlag, Oslo.

Auf Internet
Aktuelle Informationen
Dokumente über Autorinnen und Autoren
Materialien zu Büchern
http://www.unionsverlag.ch

Unionsverlag Taschenbuch 1031
© für die deutsche Erstausgabe by Verlag Sauer-
länder, Aarau, Frankfurt am Main, Salzburg 1990
© für diese Ausgabe by Unionsverlag 1998
Rieterstrasse 18, CH-8059 Zürich
Telefon 0041-1 281 14 00, Fax 0041-1 281 14 40
Alle Rechte vorbehalten
Umschlaggestaltung: Heinz Unternährer, Zürich
Umschlagbild: Hanno Rink
Druck und Bindung: Clausen & Bosse, Leck
ISBN 3-293-21031-7
Die äußersten Zahlen geben die aktuelle Auflage
und deren Erscheinungsjahr an:
1 2 3 4 5 - 01 00 99 98
Gesetzt nach den Regeln der neuen
Rechtschreibung

Der Familie ausgeliefert

Erwachsene können sich wirklich überall rausreden. Deshalb kriegen sie auch fast immer ihren Willen. Jedenfalls, wenn ihr Diskussionspartner minderjährig ist. Wenn du unter achtzehn bist, hältst du lieber gleich die Klappe. Du kannst heulen und schreien, fluchen und die Türen knallen, aber die Alten sacken doch immer den letzten Stich ein.

Ich saß in meinem Zimmer im zweiten Stock, Bentsebrugata 12, Torshov, Oslo, Norwegen, und glotzte aus dem Fenster. Fünfzehn Jahre und kurz vorm Ziel geschlagen. Draußen hatten die großen Birken ihre Sommerklamotten angelegt, oder um es mal so zu sagen: Ein lindgrüner Schleier wehte sanft im Winde.

Ich find diese Birken toll. Hab ich immer schon getan. Hab irgendwie das Gefühl sie zu kennen. Aber in diesem Moment sah ich durch Zweige und grüne Blätter einfach durch. Ich war nicht mehr *so* sauer gewesen, seit meine Schwester, die kleine My, auf das Cover von meiner letzten Sting-Scheibe gepinkelt hatte. Fühlte mich von meiner Mutter im Stich gelassen. Von meinem Vater verraten. My konnte ich diesmal auslassen, sie war nicht alt genug um die ganze Kiste zu kapieren. Sie hatte einfach bloß alle Sirenen voll aufgedreht, als ich mich am wüstesten mit den Alten herumnervte.

Es ging um Pfingsten. Ich hatte noch gar keine Pläne für die Feiertage gemacht. Und deshalb fand ich es logisch, dass die anderen das auch nicht taten. Für mich Pläne machen, meine ich.

Mutter, die in einem Theater unten in der Stadt Eintrittskarten verkauft, hatte ein paar Tage frei und nun hatte sie sich in den Kopf gesetzt, dass die ganze Familie nach Südnorwegen fahren und irgendwelche alten Freunde von ihr und Vater besuchen sollte. Vater hatte nämlich fast das ganze Jahr über frei, also nickte er nur und war mit allem einverstanden.

Aber ich stellte mich ordentlich auf die Hinterbeine.

»Diktatur!«, sagte ich mit vollem Mund. »Du bist ja genauso schlimm wie dieser verrückte General in Chile, Pinocchio oder wie der heißt. Der setzt die Leute auch pausenlos unter Druck. Dir fehlen bloß noch die Sonnenbrille und eine beknackte Uniform.«

Mutter sah mich über ihre Teetasse hinweg sauer an. »Ich will nicht, dass du so lange hier allein herumhängst. Ein Wochenende ab und zu, okay. Aber nicht so lange. Du bist trotz allem erst fünfzehn.«

»Ja, ich seh ja ein, dass das eine Sauerei von mir ist, erst fünfzehn zu sein«, sagte ich. »Aber sogar Vater kann eine Woche lang allein zurechtkommen, wenn das sein muss. Und ich kann viel besser kochen, das musst du einfach zugeben. Ich brauch auch keine Hilfe mehr auf dem Klo.«

Vater, der kein Wort gesagt hatte, stand auf und ging ins Wohnzimmer, schaltete sofort das Radio ein.

Feiger Satan! dachte ich.

»Ich will nicht weiterdiskutieren«, sagte Mutter. »Ich bin wirklich nicht oft so kleinkariert wie jetzt, aber genau hier ziehe ich die Grenze.«

Sie fing an die kleine My auszuziehen, wie um zu unterstreichen, dass die Diskussion beendet war. Sie hatte fast eine Stunde gedauert und deshalb war es eine Erleichterung – auch wenn ich einsehen musste, dass ich verloren hatte.

Aber den Schlusspunkt wollte ich setzen. Und deshalb knallte ich meine Zimmertür so hart zu, dass die Fensterscheiben im ganzen Haus klirrten. Dann drehte ich *Motörhead* voll auf und begleitete sie auf der Schreibtischlampe als Becken. Ich konnte hören, dass Vater daraufhin im Wohnzimmer Jörn Hoel lauter als max. stellte, obwohl er weiß, dass ich diesen Heini und seine Lieder einfach nicht ertragen kann. Und mitten in dieser Klanghölle hörte ich Mutter aus der Küche schreien, dass wir alle beide geisteskrank wären.

Nach und nach regte ich mich ab. Ich hatte den Krieg um meine Freizeit verloren, so einfach war das. Ich blieb am Fenster sitzen, während der Frühlingsabend sich langsam über die Stadt senkte und den hellgrünen Blättern der Birke eine dunklere Farbe verpasste.

Meine Eltern waren im Grunde nicht so schlimm. Und Mutter hatte Recht, sie war normalerweise nicht sehr streng. Sie sieht total irre aus, mit ihren mit Henna gefärbten Haaren und den irrsinnigen Kleidern, in denen sie herumtobt, aber meistens ist sie friedlich. Vater auch. Bei ihm habe ich oft den Eindruck, dass er sein eigenes Leben lebt – tief drinnen in seiner verwirrten Birne. Außen an dieser Birne dagegen hängen etwa ein Meter Haare und ein wüster Struwwelbart, und deshalb hab ich in der Schule im Laufe der Jahre natürlich eine Menge Mist zu hören gekriegt. Er ist felsenfest davon überzeugt, dass er ein großer Maler und ein großer Schriftsteller ist – überhaupt ein großer Künstler. Und deshalb hat er einfach keine Zeit einen Job länger als einige Wochen am Stück zu behalten. Ich bin der Einzige in der Familie, der ihn ganz offen als faulen Sack bezeichnet hat, aber als ich danach sein Gesicht sah, habe ich diese Salve wirklich bitter bereut. Hab versucht alles wieder gutzumachen und ihm eine Tube zinkweiße Ölfarbe für über sechzig Eier gekauft. Danach taute er dann wieder auf und verzieh mir mein blödes Mundwerk. Trotzdem bin ich verdammt sicher, dass ich Recht hatte.

Meine Eltern sind alte Hippies. Vor Jahr und Tag sind sie mit Blumen in den Haaren und Gitarren auf dem Rücken durch den Park getobt.

Das ist lange her. Aber das kapieren sie einfach nicht.

Ich ging zum Wasserrohr in der Zimmerecke und versetzte ihm ein paar saftige Tritte. Heimliches Signal für den Prof im Zimmer unter meinem. Der Prof ist genauso alt wie ich und ich kenne ihn schon mein ganzes Leben lang. Wir gehen in dieselbe Klasse und der Prof ist einer von der Sorte, die kapieren, was die Lehrer erzählen. Das finden die natürlich Spitze. Sie bedanken sich für seine Aufmerksamkeit, wenn sie die Zeugnisse verteilen. Was meinen Einsatz angeht, sind sie etwas zurückhaltender.

Zehn Minuten später hörte ich den Prof klingeln und die Wohnung betreten. Er quatschte im Wohnzimmer ein bisschen mit My, dann stürzte er, ohne anzuklopfen, in mein Zimmer.

»Was ist denn jetzt los?«, fragte er abweisend, während er einen raschen Blick auf die Uhr warf. »Ist dir klar, dass in ein paar Minuten ein Film mit Greta Garbo in der Glotze läuft?«

»Nein«, antwortete ich. Greta Garbo! Schwedischer Filmstar aus dem letzten Jahrhundert. Sieht immer aus, als käme sie frisch von einer Beerdigung. Platt wie eine Startbahn. Aber das war ja ganz typisch, dass der Prof sie toll fand. Der Prof ist immer mit irgendwas beschäftigt, für das sich sonst kein Schwein interessiert. In letzter Zeit hatte er sogar angedeutet, dass er Lust hätte einen Volkstanzkurs zu machen!

»Alles klar«, sagte ich. »Dann reden wir ein andermal. Wenn das mit dieser Garbofrau so verdammt wichtig ist, meine ich.«

»Klar ist das wichtig«, sagte er zögernd. »Aber wir können trotzdem jetzt quatschen, das geht schon in Ordnung. Meine Mutter nimmt ihn ja doch auf Video auf. Und du siehst aus, als ob du ein Pfund Mehlwürmer gefressen hättest!«

Ich erzählte ihm von dem kleinen Familienausflug, den Mutter durchgedrückt hatte.

Er kratzte sich den Kopf, als ich alles losgeworden war; kratzte sich den Kopf und glotzte mich blöd an.

Schließlich sagte er: »Na und? Ist das nicht in Ordnung, aus der Stadt rauszukommen? Ich raff wirklich nicht, warum du keinen Bock hast, mal einen Blick auf Gottes freie Natur zu werfen. Superwetter ist im Moment doch auch!«

»Weil«, antwortete ich und stellte fest, dass ich mich schwer zusammenreißen musste, um ruhig sprechen zu können. »Weil wir total bescheuerte Leute besuchen werden! Schlimmer als mein Vater, falls du dir das vorstellen kannst. Himmel, Prof, die sind schon seit diesem Flower-Power-Quatsch mit meinen Eltern befreundet. Kapierst du? Ich kenn sie doch schon. Baden nackt und fressen bloß Karotten und Körner. Wohngemeinschaft und so. Eine ganze Bande.«

Der Prof runzelte die breite Stirn und stieß durch die Vorderzähne Luft aus. Das bedeutete, dass er die Sache endlich gerafft hatte. Hatte gerafft, dass ich nicht übertrieben hatte, als ich andeutete, dass Peter Pettersen ganz schön in der Tinte hockte.

Er griff nach einem Tim-und-Struppi-Heft, das auf dem Tisch lag, und blätterte vor und zurück, ohne wirklich hineinzuschauen. Ich wusste, dass ich jetzt keine weiteren Informationen mehr liefern durfte. Er hatte sein cleveres Gehirn eingeschaltet. Die Kristallkugel, die ihm den Beinamen Prof eingebracht hatte. Ich konnte ihn bloß in Ruhe lassen und hoffen, dass er irgendeine Sorte von Plan aushecken würde. Total aus dem Sumpf konnte er mich ja nicht ziehen, aber es gehörte wirklich nicht sehr viel dazu, die Lage *ein bisschen* besser zu machen.

»Du hast Recht«, sagte er nach einigen Minuten. Er warf den Comic achtlos von sich, traf damit mein Sparschwein und beide gingen zu Boden. »Gelbe Rüben und FKK!« Er lachte. »Du sitzt ja echt ganz schön in der Tinte.«

»Ja, nicht wahr?«

Er zog ein riesiges Herrentaschentuch aus der Hose und schnäuzte sich die Kartoffelnase. »Du kannst doch nicht ohne mich da runterfahren«, sagte er und stopfte den Rotzlappen grinsend wieder in die Tasche.

Unterwegs ins Paradies

Am nächsten Tag ging's los. Ausnahmsweise standen meine Eltern einmal in aller Herrgottsfrühe auf und waren beide total hektisch. Fielen sich pausenlos ins Wort. Konnten sich nicht einigen, was sie mitnehmen und was sie nicht mitnehmen wollten, und benahmen sich überhaupt so, als wären sie nicht älter als My. My hatten sie natürlich auch in Hektik versetzen können, sie wuselte mit nacktem Hintern durch die Wohnung und heulte und stellte sich an. Ich konnte mir diese Ferien schon sehr gut vorstellen: Sie würden überhaupt keine Ferien sein. Mein einziger Trost war, dass meine Eltern und die vom Prof ihm erlaubt hatten, sich an dieser Schwachsinnsexpedition zu beteiligen. Ich würde also wenigstens nicht der einzige Cowboy in diesem Indianerlager da unten sein.

Schließlich waren sie dann doch fast fertig. Ich hatte schon am Vorabend gepackt, deshalb hatte ich die ganze Zeit alles unter Kontrolle. Meine Eltern dagegen waren einfach unfähig zu irgendwelchen Vorbereitungen. Wie üblich musste alles in aller Eile und in letzter Sekunde passieren. Und als My es dann noch schaffte, sich eine Sekunde vorm Abmarsch die Hosen voll zu machen, war uns allen klar, dass wir die Straßenbahn getrost vergessen konnten. Während Vater sich die junge Frau unter den Arm klemmte und im Badezimmer verschwand, bestellte Mutter ein Taxi und ich ging nach unten, um den Prof zu beruhigen.

Er stand schon mit seinem Rucksack in der Tür. Wenn ich ihn richtig kenne, und ich kenne ihn richtig, dann wartete er schon seit mehreren Minuten.

Ich erklärte, dass uns ein bisschen Kacke aufgehalten hätte und dass wir die Straßenbahn verpassen würden. »Wenn wir ein bisschen Schwein haben, dann verpassen wir auch den Zug«, fügte ich hinzu.

»Ich hab das Gefühl, das wird alles tierisch komisch werden«, sagte er.

Oben warf Vater mit Getöse die Tür ins Schloss, dann kamen alle drei die Treppe heruntergetrabt.

Die Mutter vom Prof erschien im Türspalt, um Grüße und Ermahnungen loszuwerden, und dann ging es endlich los.

Der Taxifahrer war von der vergrätzten Sorte und im Grunde konnte ich ihn gut verstehen. Zum einen hatten wir ja einen Berg Gepäck, den er im Kofferraum verstauen musste, und dann waren wir auch noch fünf Fahrgäste. Er versuchte auf Vater einzureden, aber der war ausnahmsweise mal erstaunlich entschieden. »Stellen Sie sich einfach vor, die Kleine wäre ein Teddybär«, sagte er und stieg zusammen mit dem Prof und mir hinten ein. Der Teddybär My zappelte und schrie und damit unterhielt sie sich auf dem ganzen Weg zum Bahnhof.

Mutter, die vorn saß, versuchte den Fahrer milde zu stimmen und fragte, ob er viel zu tun hätte und anderen Quatsch, aber der Mann ließ keinen Mucks hören, bis wir angekommen waren. Dann sagte er: »Fünfundfünfzig fünfzig.«

Nachdem Mutter das Geld aus der Tasche gefischt hatte, verkündete der Prof, dass wir jetzt noch genau fünfundvierzig Sekunden hätten, um den Zug zu erwischen.

Wir schafften es in dreißig.

»Endlich!«, keuchte Vater, als wir uns schweißnass auf

unsere Plätze im Abteil fallen ließen. »Unterwegs ins Paradies!«

Ich warf dem Prof einen verzweifelten Blick zu. Draußen erklang das Signal, ein Ruck lief durch den Wagen und die Lokomotive arbeitete sich langsam gen Süden vor.

Auf dieser Bahnstrecke werden heiße Würstchen verkauft. Das interessierte meine Eltern allerdings nicht. Krankhaft sparsam, wie sie ja ab und zu sein mussten, hatten sie einen Haufen Butterbrote und eine Thermoskanne mit Kaffee mitgenommen. Der bloße Anblick der Brote gab mir ein Gefühl von großer Pause. Aber jetzt waren doch Ferien! Ich lehnte glatt ab, als die Brote ausgepackt wurden. Der Prof hatte den Walkman auf der Birne und sagte nicht einmal Nein. Schaute in die andere Richtung und hörte Dum-Dum-Boys.

»Sei doch mal nett«, sagte ich zu Vater. »Spendier mir und dem Prof eine Runde Würstchen.«

»Warum denn?«, fragte er uninteressiert und blätterte weiter in seiner Zeitung, während er eine Kruste wiederkäute. »Null Nährwert. Und teuer ist es auch.«

Mutter sagte kein Wort. Ich hatte das Gefühl, dass es unter ihrer Würde war, etwas so Blödes wie Würstchen auch nur zu erwähnen. Vielleicht hielt sie auch bloß die Klappe, damit nicht auch noch My fixe Ideen über Nahrung ohne Nährwert bekam. Vorläufig hatten sie ihr ein paar Stückchen von einer Brotscheibe aufschwatzen können.

Na gut, da war nichts zu machen. Mir hatten sie nicht einmal fünf lausige Öre als Feriengeld gegeben und ich hatte auch nicht vor, mir meine Wurst zu erschleimen. Ich begnügte mich damit, Vater noch ein bisschen anzupöbeln.

Aber als die Frau die Minibar draußen auf dem Flur vorbeischieben wollte, erwachte der Prof zum Leben. Mit brutaler Gewalt riss er die Tür auf. Da er die Ohren voll Musik hatte, hatte er von dem üblen Dialog zwischen Vater und mir natürlich nichts mitbekommen. Nun fühlte er sich total ausgehungert, das konnte ich an seiner ganzen Haltung sehen. Und während die Dum-Dum-Boys immer noch volle Kanne losröhrten, brüllte er wie alle Leute mit Walkman, die sich immer einbilden, alle anderen hörten die Musik genauso laut: »JA, WIR BRAUCHEN UNBEDINGT WÜRSTCHEN, GUTE FRAU! MIT MASSENHAFT SENF UND KETCHUP! UND EINE FÜR DIE JUNGE DAME HINTEN IN DER ECKE. DREI INSGESAMT MIT BROT UND LOMPE*!«

Elegant steckte er die Hand in die linke Hemdtasche und holte einen frisch gebügelten Hunderter hervor.

Vater starrte den Hunderter mit einem Gesichtsausdruck an, als ob der Prof gerade ein Porträt des amerikanischen Präsidenten aus dem Hut gezaubert hätte. Ich amüsierte mich, denn ich wusste genau, was in diesem Moment in seiner Birne ablief. Einerseits wollte er sich durchaus nicht in dieses Wurstgeschäft einmischen. Aber andererseits wollte er irgendwie gern in so einer Situation den FAMILIENVATER spielen. Und deshalb musste er ganz schnell seine Politik ändern.

Mutter hatte sich zum Fenster umgedreht. Ich sah nur ihren Rücken und ihre zuckenden Schultern. Sie gab sich schreckliche Mühe, damit wir anderen sie nicht kichern hörten. Vater sah sie genervt an, dann schob er den Hunderter des Profs beiseite und sagte zu der Verkäuferin, die

---

* Lompe ist eine Art weiches Fladengebäck, das zum norwegischen Würstchengenuss einfach unerlässlich ist.

gerade mit lauten Geräuschen Senf und Ketchup auf die Würstchen gespritzt hatte: »Ja, und dann noch drei Cola!« Er quetschte sich ein ausgefranstes Lächeln ab und fischte einen zerknüllten Fünfziger aus der Tasche seiner ausgewaschenen Jeans. Im Grunde tut er mir ja ein bisschen Leid, dachte ich und biss in meine Wurst. Wie immer war er wohl gerade so abgebrannt wie eine Kirchenmaus und wahrscheinlich hatte Mutter ihm nur ein kleines Taschengeld für Bier und Tabak gegeben.

»DANKE!«, brüllte der Prof, der noch nicht gerafft hatte, dass Familie Pettersen gerade eine kleine Fehde durchlebt hatte. Vater reagierte überhaupt nicht. Schnappte sich nur noch ein Brot und vergrub sich in der Zeitung. Auf der anderen Seite des Tisches hatte My herausgefunden, dass Senf und Ketchup eine wunderbare Schminke ergeben.

Es war natürlich ausgesprochen öde, die ganze Zeit auf unseren Hintern im Abteil zu sitzen, und deshalb beschlossen der Prof und ich, uns ein bisschen die Füße zu vertreten, als wir Nordagutu erreicht hatten. Der Prof stürzte zum Klo am anderen Wagenende und ich öffnete das Fenster. »Hinauslehnen gefährlich!«, las ich unter mir auf dem Fensterrahmen, während ich mich so weit wie möglich hinauslehnte. Die frische Luft flog mir mit hundertzwanzig Stundenkilometern ins Gesicht und vertrieb den Gestank der selbst gedrehten Zigaretten meiner Eltern.

Als der Prof zurückkam, machte er ein seltsames Gesicht.

»Was ist los?«, fragte ich. »Gab's Gespenster auf dem Klo?«

Er stellte sich neben mich und schnappte ebenfalls frische Luft. »Im letzten Abteil sitzt ein komischer Vogel«, sagte er. Er trat zurück und warf seine ewigen Drops ein. »Trinkt Bier und quatscht in sein Mobiltelefon.«

»Mobiltelefon?«

»Drahtloses Telefon, kannst du überallhin mitschleppen.«

»Himmel, was für Leute kaufen sich denn so was?«

»Geschäftsleute«, erklärte der Prof. »Aber Geschäftsleute sitzen doch nicht hier in der Bahn und trinken Bier aus der Flasche, oder? Und im Nacken hat er ein grünes Zöpfchen.«

»Kommt doch drauf an, was der für Geschäfte macht«, sagte ich.

Der Prof sah mich lange an, dann sagte er: »Wir beide stolpern aber auch immer in irgendwelche Geheimnisse.«

Wir waren ja auch wirklich schon in reichlich unheimliche Geschichten hineingeschlittert, das konnte ich nicht abstreiten. Aber es war doch eigentlich nicht besonders geheimnisvoll, dass so ein Heini im Zug saß und Bier trank, während er sich mit seinem Mobiltelefon unterhielt – auch wenn ich noch nie so ein Telefon erblickt hatte.

»Der ist bestimmt ein Spion«, sagte ich. »Russischer Spion, und jetzt berichtet er zu Hause, ob die norwegischen Würstchen was taugen.«

Der Prof gab keine Antwort.

Als die Neugier verteilt wurde, stand ich ganz vorn in der Schlange. Also musste ich einen Blick auf diesen Heini werfen. Ich glaubte zwar nicht, dass er Dreck am Stecken hätte, aber trotzdem. Ich schaute in sein Abteil, als ich auf dem Weg zum Klo daran vorbeikam.

Er hatte die Füße auf den Sitz gegenüber gelegt. War so Mitte zwanzig. Ich sah ihn nur einen Moment lang und stellte fest, dass er ganz normal angezogen war, das heißt, er trug Jeans. Halblange zerzauste Haare, die früher einmal blond gewesen waren, jetzt aber allerlei gedämpfte Schattierungen aufwiesen, weil er sie mehrmals gefärbt hatte. Ein grünes Rattenschwänzchen fiel ihm in den Nacken. Auf dem Tisch stand eine Bierflasche, und eine Zigarette hing in seinem Mundwinkel.

Als ich gleich darauf im Klo stand, ging mir auf, dass er seltsam bekannt ausgesehen hatte. Ich hatte das Gefühl, dass ich diesen Typen schon irgendwo gesehen hatte. Aber wo? In welchem Zusammenhang? Kam er aus meiner Gegend? Ich wusste es nicht, aber ich konnte ihn in Torshov oder Grünerlökka einfach nicht unterbringen.

Ich ging zum Prof zurück, mit dem irritierten Gefühl, das man immer bekommt, wenn einem ein Wort oder ein Name nicht einfällt und trotzdem auf der Zunge liegt. Diesmal war es zwar ein Gesicht, das ich nicht unterbringen konnte, aber das machte die Sache auch nicht angenehmer.

Das erzählte ich dem Prof, aber der hatte offenbar alles Interesse an der Sache verloren. »Kann ja wohl nicht so gefährlich sein«, meinte er. »Wenn das irgendeine Krimikiste gewesen wäre, könntest du dich bestimmt erinnern.«

»Vielleicht.«

Aber ich war alles andere als sicher. Schließlich war der Prof derjenige mit dem perfekten Gedächtnis.

»Ich setz mich wieder«, sagte er. »Will ein bisschen lesen.«

Ich ging mit.

Die Zugfahrt war genauso öde, wie ich mir das vorgestellt hatte. Und während die Meilen und die Stunden vergingen, wurde es immer nur noch schlimmer. Vater arbeitete sich systematisch durch seinen Zeitungsstapel. Mutter und My sangen, blätterten in Bilderbüchern, zeigten aus dem Fenster und riefen »Guck mal!« Der Prof las einen Krimi und war vollkommen unansprechbar. Wenn der Zug in einem Bahnhof hielt, ging ich auf den Flur und öffnete das Fenster.

Dann beglotzte ich die Leute auf dem Bahnsteig und versuchte mir vorzustellen, wie sie wohl hießen, was sie machten und wohin sie unterwegs waren. In Neulaug stieg der Heini mit dem grünen Zöpfchen und dem drahtlosen unsichtbaren Telefon aus. Er trug in der linken Hand einen funkelnagelneuen Diplomatenkoffer und in der rechten eine Reisetasche. Er warf beides auf den Rücksitz eines Taxis, ehe er selber einstieg. Dann verschwand er in einer Staubwolke, während unser Zug sich in Richtung Kristiansand in Bewegung setzte, wo wir mit dem Bus weiterfahren sollten. Goodbye, Mister Nobody, dachte ich.

Mit Fluchen und Würgen

Steinsund sah genau so aus, wie sich das für eine kleine Stadt in Südnorwegen eben gehört. Ganz nach Schema F. Kleine schiefe Häuser, glänzend weiß gestrichen, und enge Gassen, die angelegt worden waren, lange bevor Henry Ford auf die Idee verfallen war, Autos am Fließband herstellen zu lassen. Als wir von der Bushaltestelle die steilen Straßen zum Zentrum und zum Hafen hinuntergingen, hatte ich das Gefühl, in eine ganz andere Zeit versetzt worden zu sein. Wenn der Fjord unter mir voller Segelschiffe gewesen wäre, hätte ich das wahrscheinlich nicht einmal seltsam gefunden.

Aber die Zeit der Segelschiffe war schon längst vorbei. Mitten auf dem blanken Fjord fuhren zwei Rennboote im Kreis und ein Frachter glitt langsam auf eine Landungsbrücke zu. Der Fjord spiegelte den blauen Himmel und außer den klagenden Schreien einer Möwe, die mit dem Wind segelte, war fast kein Geräusch zu hören. So dazustehen und über Steinsund hinwegzublicken, kam mir so vor wie außerhalb der Welt zu stehen. Außerhalb der Wirklichkeit jedenfalls, die ich aus Oslo kannte. Weit weg von Staub und Auspuffgasen, Lärm und Hektik. Das gefiel mir. Das muss ich zugeben.

»Das ist ja das reine Glanzbild«, sagte ich und drehte mich zum Prof um, der hinter mir hergekeucht kam.

»Stimmt.« Er wischte sich den Schweiß von der Stirn. »Ist das noch weit? Dieser Rucksack bringt mich um. Sogar wenn's abwärts geht.«

»Mein Vater hält schon nach einer Telefonzelle Ausschau«, sagte ich und setzte mich wieder in Bewegung. »Wir müssen diese Leute anrufen und Bescheid sagen, dass wir hier sind. Dann kommen sie uns mit dem Auto holen.«

Er stöhnte. »Es wäre vielleicht eine Idee, so was vorher zu verabreden, sagen, mit welchem Bus man kommt, meine ich.«

»Meine Güte«, sagte ich und lachte. »Du redest so, als ob wir es mit normalen Menschen zu tun hätten. Du hast doch selber gesehen, dass es der reine Zufall war, dass wir den Zug nicht verpasst haben. Du musst dich einfach umstellen, wenn du mit Familie Pettersen unterwegs bist, Prof! Ich hab doch gesagt, dass es scheußlich werden würde!«

Vater stand mitten auf der Straße und kratzte sich den Kopf. »Herrgott! Sind wir mitten in die Siesta geraten oder was ist hier los?«

Gute Frage. Nirgendwo war auch nur ein Mensch zu sehen. Unterwegs war wenigstens ein *bisschen* was los gewesen, ein paar rot angelaufene Greise und einige heulende Gören, aber die Innenstadt war wie ausgestorben. Nicht einmal ein Auto bewegte sich.

»Wie in einem Western«, murmelte der Prof. »Die Fremden kommen in die Stadt und die Lokalbevölkerung verschanzt sich im Saloon.«

»Genau«, sagte Vater. »Bloß gibt es hier keinen Saloon.«

»Witzig«, sagte Mutter. »Und alles so totenstill …«

Kaum hatte sie das gesagt, da war es aus mit der Stille und die Geräusche setzten wieder ein. Die Steinsundgeräusche, meine ich. Die Steinsundgeräusche waren laut und pfeifend und unangenehm elektrisch. Sie taten in den Ohren weh und veranlassten My loszuheulen und zu weinen. Es waren die Geräusche eines schlechten Mikrofons, das mit einer verschlissenen Verstärkeranlage verbunden ist, und es dauerte eine halbe Minute, ehe alles wieder unter Kontrolle war. Es war einen Moment still, dann folgte unklares Gefasel, das einfach nicht zu verstehen war, weil der miese Klang in den engen Gassen tatsächlich von einer Wand an die andere geschleudert wurde.

»Volksversammlung«, sagte Vater und zwinkerte dem Prof zu. »Der Gouverneur spricht zum Pöbel oder so.«

»Das sehen wir uns an!«, meinte Mutter eifrig. Sie hielt, gefolgt von My, auf den Klang zu. »Vielleicht ist hier ein Rummel? Oder Wahlkampf oder so was.«

»Sind denn jetzt schon wieder Wahlen?«, fragte Vater.

»Nein«, sagte der Prof ernst. »Jetzt sind keine Wahlen.«

Auf dem Marktplatz war der Bär los. Was für ein Anblick! Mutter hatte mir erzählt, dass in Steinsund vielleicht vier- oder fünftausend Menschen wohnten, und wenn das stimmte, dann hatten sie sich alle auf dem Marktplatz versammelt, als wir um die Ecke bogen. Die Menschen drängten sich wie die Heringe in der Tonne, überall siedete und kochte es. Der Marktplatz von Steinsund war ganz einfach nicht für fünftausend Menschen berechnet!

An der Treppe der Schwanenapotheke hatten sie eine Art Bühne aufgebaut. Auf der Bühne standen lauter Jugendliche und verteilten Broschüren an die Nächststehenden. Ein Mädchen mit üppiger roter Mähne hielt das Mikro und sprach zu der Versammlung, dass es nur so hallte.

»… nun, wo die Umweltbehörde die Proben untersucht hat, können wir hier in Steinsund unsere Augen nicht mehr vor dem verschließen, was um uns herum geschieht. Der Fjord draußen sieht blau und blank aus. Aber unter der Oberfläche wimmelt es von dem, was wir auf gut Steinsundsch ›Mott‹ nennen: Industrieabfälle, die Quecksilber und Dioxin enthalten. Und noch allerlei andere Schweinereien. Die Rede ist von den schlimmsten Giften, die wir überhaupt auf unsere Umwelt loslassen können! Lebensgefährlich für Tiere und Menschen. An der Westküste und in Nordnorwegen sterben die Seevögel zu Tausenden. Die Vogelfelsen sind schwarz, sie sehen aus wie ausgebrannte Wohnblocks. Das kommt daher, dass sich diese Vögel ausschließlich von Meeresfischen ernähren. Von stark vergifteten Fischen. Möwen und Dreizehenmöwen legen Eier ohne Schalen. Ein Jahrgang von Jungen nach dem anderen stirbt. Jetzt müssen wir Stopp sagen! Schluss mit der Zerstörung unserer Umwelt. Es kann nicht so weitergehen, Leute. Viele von euch haben sich in die Vorstellung eingelullt, dass der Quecksilbertod nur an anderen Orten stattfindet und dass er uns in unserer Stadt deshalb nichts angeht. Jetzt wissen wir, dass es nicht stimmt. Die vorläufigen Proben, die aus den Ablagerungen auf dem Fjordboden hier entnommen worden sind, zeigen einen erschreckend hohen Giftgehalt. Es muss etwas geschehen! Jetzt!«

Sie senkte die Stimme. »Ich brauche euch nicht zu erzählen, woher das Gift kommt. Dennoch klagen wir keinen von euch an, der draußen bei Inchem arbeitet. Aber es ist eine Tatsache, dass es nur einen einzigen Betrieb hier am Fjord gibt, der diese Stoffe als Abfallprodukte herstellt. Ich wiederhole: Natur & Jugend klagt keinen von euch an, der jeden Tag zur Arbeit zu Inchem geht. Aber wir klagen die Betriebsleitung an, die an Profit und Geld denkt, wenn sie an Leben und Gesundheit der Menschen denken sollte. Es heißt, dass …«

Sie verlor den Faden. Irgendetwas passierte auf der anderen Seite des Platzes, eine Unruhe in der Volksmenge,

Autotüren wurden zugeschlagen, laute Flüche und Pfiffe. Ich überlegte, ob vielleicht die Polizei aufräumen kommen wollte, vielleicht war diese Kundgebung nicht erlaubt, aber dann ging mir schnell auf, dass das nicht stimmen konnte. Die Bullen waren nämlich schon da, auf jeder Seite der Bühne standen zwei oder drei, eine grüne Minna parkte am Rande der Menschenmenge. Ich stellte mich auf die Zehen, um einen besseren Überblick zu bekommen, aber alle anderen schienen auf denselben Gedanken gekommen zu sein. »Was ist denn da los?«, fragte ich Vater.

»Irgendein Macker drängt sich zur Bühne durch«, sagte er. »Ich kann bloß sehen, dass er wie irre mit den Armen fuchtelt. Und ich höre, dass das bestimmt nicht der Sonntagsschullehrer von Steinsund ist! Ich kann dir sagen, der Knabe flucht nicht übel!«

»Ich glaub, ich kann mir vorstellen, wer das ist«, meinte der Prof. »Und wenn ich Recht habe, dann geht's hier gleich hoch her.«

Doch, auch ich hatte so meine Ahnungen. Außerdem murmelten die Leute um mich herum etwas von Aby, Aby, mit respektvoller Stimme, und das verstärkte nur meine Ahnung, dass ich das Richtige geraten hatte. Wenn dieser Aby keiner von den Chefs war, vielleicht der Obermotz von Inchem höchstpersönlich, dann wollte ich nicht mehr Peter Pettersen heißen.

Mit einem Sprung stand er oben auf der Bühne. Gar nicht schlecht, denn die Bühne war hoch und der Mann war klein. Dick war er auch, und dunkelrot in der Visage. Aber vor allem war er wütend wie ein gereizter Stier. Total zornig! Mit einem Sprung hatte er die Frau am Mikro erreicht. Und ehe wir anderen auch nur mucksen konnten, hatte er ihr die Hände um die Kehle gelegt und schüttelte sie wie eine Lumpenpuppe. Wir konnten durch die Lautsprecher nur Wortfetzen hören: *»...eufel! ...erdammte Kuh ...loch!«,* ehe das Mikro mit ohrenbetäubendem Lärm auf den Boden knallte. Nun hatten die anderen Leute auf der Bühne sich besonnen und machten sich über Aby her um den Hals der rothaarigen Rednerin zu retten. Die Bullen schalteten sich auch ein und mit vereinten Kräften wurden die beiden getrennt. Sie keuchten und schnappten nach Luft und starrten sich wütend an, fast wie zwei Boxer, die sich zwischen der fünften und der sechsten Runde verschnaufen. Die Bullen versuchten weiter zwischen ihnen zu vermitteln und es war klar, dass sie keine Lust hatten irgendjemanden der Beteiligten zu verhaften. Das Publikum heulte und pfiff und eine Gruppe von Jugendlichen rief: »Aby raus! Aby raus! Aby raus!«, während etliche Erwachsene sie aufforderten die Klappe zu halten und sich zum Teufel zu scheren, schließlich hätten *sie* noch nie Arbeitslosigkeit und das ganze andere Elend erlebt.

Erst vor wenigen Minuten hatte ich noch oben auf dem Hügel gestanden und eine friedliche Stadt betrachtet. Nun war dieselbe Stadt ein einziges Chaos von Zank und Streit. Und der spiegelblanke blaue Fjord war nur eine Illusion, ein hübsches Packpapier um eine Schachtel mit vergifteten Delikatessen. Krabben und Krebse und Hummer. Schollen, Seelachs und Makrelen. Leckerbissen, an denen man krepieren konnte!

Wieder knisterte es in den Lautsprechern und eine Fingerspitze tippte versuchsweise gegen das Mikro. Ich stellte mich auf die Zehen und sah, dass da oben ein Bulle stand und sich an der Technik zu schaffen machte. Dann reichte er das Mikrofon an einen der Jugendlichen weiter, die neben der Sprecherin gestanden hatten. Einen Jungen mit flammend roten Haaren, Fjällrävenjacke und Cordhose. Er räusperte sich. »Ja, ihr habt ja sicher mitgekriegt, dass der geschäftsführende Direktor Aby von der Aktiengesellschaft Inchem mit Natur & Jugend nicht ganz übereinstimmt. Er stimmt im Grunde überhaupt nicht überein. Ich weiß nicht, wie viele von euch besonderes Vertrauen zu einem Mann haben, der soeben versucht hat Kari Sörensen auf offener Bühne umzubringen, aber wir von Natur & Jugend haben jedenfalls nichts dagegen, dass Herr Aby uns seine Theorie darüber erzählt, woher das Gift im Fjord kommt. Bitte sehr, Herr Aby.«

Er reichte dem kleinen wütenden Mann das Mikro. Aby sah es zuerst an, als wollte er es gegen die Treppe schlagen, aber dann riss er sich offenbar ganz energisch am Riemen. Besonders charmant wirkte er ja nicht, als er losredete, aber es war doch viel besser als grobe Flüche und Würgegriffe.

»Es ist in Ordnung, dass die Jugend sich engagiert«, begann er. »Es ist richtig, ja, wichtig, dass die Jugend sich für den Umweltschutz engagiert. Ich bin selber ein glühender Bewunderer der Arbeit, die Natur & Jugend in Steinsund leistet.«

»Kein Wunder, dass es dann heiß hergeht, wenn du auftauchst«, rief irgendwer. Die Leute brüllten vor Lachen, Aby aber redete weiter ohne sich aus dem Konzept bringen zu lassen.

»Ich bin jedoch dagegen, dass einzelne Elemente …«, und nun richtete er einen zitternden Zeigefinger auf Kari Sören-sen, »dass einzelne Elemente eine idealistische Organisation wie Natur & Jugend untergraben, indem sie lügen und die Tatsachen verfälschen. Es stimmt nämlich nicht, dass wir an der Verschmutzung des Fjords schuld sind! Ich kann euch versichern …«

Aber das Publikum wollte keine Versicherung. Ein Gebrüll erhob sich aus Hunderten von Kehlen, und obwohl noch längst nicht alle mitbrüllten, so waren sie doch laut genug, um Abys Rede restlos zu übertönen. Und nun beteiligten sich immer mehr am Chor und riefen: »ABY RAUS! ABY RAUS!«

Er hatte keine Chance mehr. Er fuchtelte und drohte weiter herum, bis einer der Polizisten ihm das Mikro abnahm, die Kundgebung für beendet erklärte und die Menschenmenge aufforderte sich zu zerstreuen.

Damit die Reisegruppe Pettersen & Prof nicht in alle Winde verweht würde, zogen wir uns rasch zurück. Noch immer konnten wir nirgendwo eine Telefonzelle sehen, aber Mutter lenkte uns eilends zu einer Konditorei, die fünfzig Meter entfernt lag.

»Da drinnen gibt's sicher ein Telefon«, meinte sie. »Außerdem brauche ich nach diesem ganzen Nervkram unbedingt einen Kaffee. Himmel, und ich habe immer gedacht, in Oslo auf der Hauptstraße wäre samstags vormittags schreckliches Gewühl.«

Die Konditorei hieß Halvorsen, so heißen Konditoreien oft, habe ich festgestellt. Und Konditorei Halvorsen hatte ein Telefon.

Es funktionierte sogar. Vater telefonierte, während wir anderen ins Lokal stürzten, um Plätze zu belegen und zu bestellen, ehe sich der Rest des kaffee- und limodurstigen Publikums hereinwälzte.

Das schafften wir haarscharf. Zwei Kaffee und zwei Cola. Ich musste meine mit My teilen.

Der Prof betrachtete sehnsüchtig die Windbeutel hinter dem Glastresen, ließ sein Eigenkapital diesmal aber ruhen. Vielleicht dachte er gerade mal wieder an seinen Bauch.

Daran, dass der inzwischen gefährlich weit über die Gürtelschnalle hinaushing.

»Interessante Angelegenheit«, sagte er und trank aus der Flasche.

»Find ich auch«, sagte ich und füllte das Glas meiner Schwester. Sie sagte mit dem ganzen sommersprossigen Gesicht und den blauen Sternen, die sie als Augen benutzt, danke. »Dieser Aby ist wohl wirklich das Hinterletzte.«

Mutter lachte. »Der muss aber auch ziemlich hart im Nehmen sein. Nicht alle hätten sich getraut die Show auf diese Weise an sich zu reißen.«

»Nein«, sagte der Prof. »Aber dabei hatte er ja auch nicht so viel zu verlieren.«

»Wieso nicht?«, wollte ich wissen.

»Wenn Natur & Jugend Proben hat, die beweisen, dass der Fjord stark vergiftet ist, und wenn es nur einen einzigen Betrieb gibt, der den Dreck ausgestoßen haben kann, dann steht er doch wirklich mit dem Rücken zur Wand.«

»So sah er aber nicht gerade aus«, meinte ich.

»Ich hol mir mal die Lokalpostille«, sagte der Prof. Er sah Mutter an. »Wie heißt die?«

»Steinsundpost«, antwortete sie und trank einen Schluck Kaffee. »Wie sonst.«

»Politische Tendenz?«, fragte der Prof mit ernster Miene.

Ab und zu treibt er mich zum Wahnsinn. Anstatt zu fragen, ob die Konservativen oder die Sozialdemokraten oder eine andere Partei die Zeitung finanzieren, musste der Prof natürlich wie ein Politiker mit Verstopfung reden. Politische Tendenz!

»Sozialdemokratisch«, sagte Vater, als er sich aufs Sofa quetschte. »Asa kommt uns in einer halben Stunde mit der Karre holen.«

»Aha.«

Mutter klang ein wenig zu bemüht gleichgültig, als sie aha sagte, und ich dachte, dass das ja nette Zeiten ankündigte. Tolle Frau übrigens, diese Asa, soweit ich mich erinnern konnte.

My sagte: »Die haben GEBRÜLLT!«

»Onkel Aby hat gebrüllt«, korrigierte Vater. »Onkel Aby hat gebrüllt, weil er die größte und die schönste und vor allem die sauberste Fabrik auf der ganzen Welt hat.«

»Is' wahr?« My sah mich an.

»Logo«, antwortete ich. »Du glaubst doch wohl nicht, dein Vater könnte lügen?«

»Hört auf mit dem Quatsch!«, sagte Mutter.

Gesagt, getan. Wir sprachen nur noch todernst über Quecksilber und Vogeleier ohne Schale, bis draußen auf der Straße irgendwer mit einem Maschinengewehr losballerte.

Übertrieben natürlich. Es war bloß ein Ford Transit ohne Vergaser.

»Und da haben wir Asa«, sagte Vater und stand auf.

Das Holzschloss

»**W**ir durchqueren zweifellos eine schöne Natur«, sagte der Prof. »Meinst du nicht?«

»Aber sicher«, antwortete ich.

Wir saßen auf Kissen hinten im Transit. Es war halb dunkel und es schüttelte und huckelte ganz entsetzlich. Die übrige Familie Pettersen hatte sich neben Asa auf den Vordersitz gezwängt. Sie war in Hochform, braun und lächelnd. Der Prof machte Stielaugen, seit sie sich in Steinsund begrüßt hatten.

»Wie viele Leute wohnen da draußen auf dem Hof?«, wollte er wissen. Er wühlte unter der Klappe seines großen Rucksacks und brachte eine Tüte Kartoffelchips zum Vorschein.

»Schwer zu sagen«, sagte ich. »Scheint viel Durchzug zu sein, soviel ich weiß. Die fest da wohnen heißen Reino und Lise, und dann gibt's noch einen Typ, der Daniel heißt und den alle Daniel Düsentrieb nennen. Und Asa natürlich. Sie hat eine Tochter, die ein bisschen jünger ist als wir. Gerd. Ich glaube, die ist in Ordnung. Ich habe sie schon lange nicht mehr gesehen. Sie hat auch einen Bruder. Einen kleinen Bruder. Über den weiß ich nichts.«

»Und die sind alle Vegos?«

»Vegos?«

»Vegetarier.«

»Soviel ich weiß. Aber das überleben wir schon.«

Der Prof kaute gedankenverloren auf seinen Kartoffelchips herum und gab keine Antwort.

Ich hatte immer viel über Björkly gehört, war aber noch nie dort gewesen. Meistens übernachteten die Leute vom Hof bei uns, wenn sie in Oslo etwas zu erledigen hatten, und deshalb hatte ich sie auch kennen gelernt. Sie hatten erzählt, dass zum Hof nicht mehr viel Land gehörte, dass das Wohnhaus von Björkly jedoch ein kleines Märchen sei. Ein Architekt hatte es entworfen, kurz bevor er dermaßen durchdrehte, dass er in eine Gummizelle gesperrt werden musste, hatte Daniel Düsentrieb erzählt. Erbaut für einen Großhändler, dessen Birne wohl auch nicht übertrieben ruhig und ausgeglichen gewesen war. Damals hatte ich Daniel nicht so recht glauben mögen. Aber als Asa den Wagen im Hof zum Stehen brachte und wir halb blind in das blendende Sonnenlicht hinaustaumelten, sah ich ein, dass er auf jeden Fall die Wahrheit gesagt haben könnte.

Das Haus lag auf einer kleinen Anhöhe, fünf, sechs Meter höher als der Hof. Es war ein riesiges Haus und es war aus Holz gebaut. Ich hab zwar kaum einen Schimmer von den verschiedenen Stilrichtungen der Architektur, aber es würde mich ziemlich überraschen, wenn nicht die allermeisten davon hier vertreten wären. Säulen und Dachreiter ragten in den Himmel und der Flügel, der sich zum Wald im Norden hin erstreckte, endete echt mit einem Turm! Fenster und Türen waren aufs Geratewohl verteilt, oder vielleicht nach einem geheimnisvollen System, das nur verrückte Architekten und exzentrische Großhändler durchschauen konnten. Alles war in verschiedenen Farben angestrichen. Braun, Rostrot, Olivgrün, Korngelb. Die Farben passten gut zueinander, ich musste das einfach zugeben, aber trotzdem verstärkten sie die wahnwitzige Wirkung des Hauses.

»Großer Gott!«, sagte der Prof. »Großer Gott!«

»Gefällt dir die Hütte?« Asa lächelte ihn an.

Der Prof antwortete nicht sofort, stand nur einfach da und glotzte. »So was hab ich noch nie gesehen«, sagte er nach einer Weile. Dann riss er sich zusammen und sah Asa an. »Ob sie mir gefällt? Klar gefällt mir dieses Haus. Das ist doch … das ist doch total …«

»Fantastisch«, sagte ich.

»Ja, nicht wahr«, meinte Asa und stellte sich breitbeinig und mit untergeschlagenen Armen neben uns. »Der alte Großhändler Evensen war schon ein bisschen exzentrisch, wie es heißt. Ihr beide könnt im Turm wohnen, wenn ihr wollt.«

»Im TURM!«, japsten der Prof und ich wie aus einem Mund. Unsere Schreckensvisionen von geschmortem Kohl und Brennnesselsuppe waren wie weggeblasen.

»Ja. Wenn ihr euch traut. Großhändler Evensen spukt da oben nämlich.«

»Ich liebe exzentrische Gespenster«, sagte ich.

»Du bist ein Idiot«, meinte der Prof. »Dass du nicht herkommen wolltest.«

Eigentlich wären wir am liebsten hinaufgestürzt, um einen Blick auf den Turm zu werfen, aber das wurde vom Essen verhindert. Daniel Düsentrieb erschien mit einem Zinnteller auf der Treppe, den er als Gong benutzte; deshalb mussten wir den Langtisch in der Küche anpeilen.

Seltsamerweise gab es außer uns auf dem Hof keine Gäste. Reino und Lise saßen mir genau gegenüber. Reino mit einem großen schwarzen Filzhut auf seinem glänzenden kahlen Schädel und mit einem steifen Schnurrbart unter einer unglaublich langen Nase. Lise war dick und klein und hatte zwei rote Zöpfe, die ihr bis zum Hintern reichten.

Witziges Paar. Sie hatten seit ihrem letzten Besuch in Oslo ein Baby bekommen, ein kleiner Wicht von acht Monaten, der ihnen überhaupt nicht ähnlich sah. Er biss die ganze Zeit an Lises Brust herum. My war völlig verrückt nach ihm.

Gerd und ihr Bruder Espen saßen mit Daniel Düsentrieb am Tischende. Gerd übersah uns vollständig und unterhielt sich krampfhaft über irgendetwas mit Daniel. Espen dagegen übersah uns nicht. Seine braunen Augen nagelten uns geradezu fest und ich wusste nicht so recht, ob mir das gefiel. Elf, zwölf Jahre, dachte ich. Er ist sicher auf der Jagd nach zwei großen Brüdern. Und ich dachte an Gerd. Vor zwei Jahren und einer Ewigkeit hatte ich sie gekannt. Aber damals war sie, vielleicht ich selber auch, einfach nur eine Rotzgöre gewesen. Jetzt hatte sie Ausbeulungen in ihrem T-Shirt und wirkte richtig erwachsen. Groß und dünn wie Asa. Sie war sicher genauso nervös wie ich, denn sie wusste, was ich wusste, dass wir uns nämlich jetzt ganz neu kennen lernen mussten. Für sie war das wohl auch schlimmer als für mich. Ich hatte ja trotz allem den Prof.

Daniel schaute kurzsichtig durch zwei dicke Brillengläser ohne Rahmen. Seine Haare waren dünn. Die jedoch, die sich noch an seinem Schädel anklammerten, fielen bis auf die Schultern. Er trug einen türkisfarbenen Jogginganzug, wirkte ansonsten aber nicht übertrieben sportlich. Als er da so saß und mit Gerd redete, war klar, dass er seit Jahren nicht mehr beim Zahnarzt gewesen war. Von dem, was irgendwann sicher einmal eine schöne Mauer aus weißen Zähnen gewesen war, waren nur noch braune Ruinen übrig. Mutter hielt mir sein Gebiss immer als warnendes Beispiel vor, wenn ich mich vor dem Zähneputzen drücken wollte.

Ich stupste den Prof in die Rippen, als das Essen auf den Tisch kam. Irgendein dampfender Hirsekram, vermischt mit Karotten und Lauch. Das wurde uns mit knackigem Eisbergsalat und geriebenen roten Rüben auf die Teller geschaufelt. Nicht gerade ein Big Mäc, aber mit viel Salz und Pfeffer konnten wir es herunterbringen. Heißen Tee zum Essen lehnte ich glatt ab und bekam stattdessen eiskaltes Wasser aus dem Brunnen. Gut.

Das Tischgespräch konzentrierte sich, mit Ausnahme von »weißt du noch dies« und »weißt du noch das«, auf das ganze Gift, das im Steinsundfjord gefunden worden war. Eine zähflüssige Pampe, die Quecksilber, Dioxin und allerhand anderen Mist enthielt.

Vater lieferte eine – gelinde gesagt – farbige Version von dem, was wir auf dem Marktplatz erlebt hatten. Übertrieb und log, hielt sich bei den wichtigsten Punkten im Grunde aber an die Wahrheit. Und zum Henker – in Steinsund war ja wirklich der Bär los gewesen.

»Wie ernst ist die Sache eigentlich?«, fragte Mutter.

»Ziemlich ernst«, antwortete Reino.

»Ziemlich ernst, also echt!«, sagte Gerd und schnitt eine Grimasse. »Der Giftinhalt im Wasser ist doppelt so groß wie die Menge, die als gesundheitsgefährdend gilt! So sieht es hier aus!«

»Ja«, sagte Reino.

»Gerd ist hier die Expertin«, erklärte Lise. »Sie ist bei Natur & Jugend in Steinsund.«

Gerd sah verlegen aus, widersprach aber nicht.

Der Prof räusperte sich. »Habt ihr das entdeckt?«

»Ja. Wir haben Proben genommen. Hatten irgendwie einen Verdacht. Dann haben wir alles an die Umweltbehörde geschickt, weil wir selber kein Labor haben. Das

Ergebnis haben wir vor zwei Tagen bekommen. Ist natürlich eine dicke Sache für die Zeitung.«

»Und die Umweltbehörde? Was wollen die nun unternehmen?«, fragte Vater. »Das Übliche? Mit der Leitung von Inchem Kaffee trinken und Kuchen essen?«

»Die wollen die ganze Angelegenheit genauer untersuchen«, sagte Gerd. »Das machen sie natürlich. Die sind doch auch nicht ganz bescheuert.«

Vater schien widersprechen zu wollen, riss sich aber zusammen. Ich wusste, dass er in allen staatlichen Stellen und Komitees korrupte Mistkerle witterte, und ich war froh, als mir ein neuer Vortrag über diese Tatsache erspart blieb.

Asa sagte: »Aber Inchem darf doch *etwas* ausstoßen?«

»Emissionen sind verboten«, antwortete Reino. »Aber bei ihren Produktionsmethoden lässt es sich gar nicht vermeiden, dass einiges durchsickert. Das hat die Umweltbehörde ihnen erlaubt. Bei den Mengen, die jetzt im Fjord gefunden worden sind, muss es aber eine ganz andere Hauptquelle geben. Der Fjord kann von den geringen Absickerungen, die ihnen erlaubt sind, einfach nicht derart verseucht sein. Das ist schlicht und ergreifend unmöglich.«

»Aber was geschieht mit den Abfällen, die der Betrieb selber sammelt?«, fragte der Prof.

»Das ist eben die große Frage«, sagte Gerd.

»Inchem gilt ja als eine Art Musterbetrieb in Bezug auf Umweltschutz«, erklärte Lise. »Sie führen fast über jedes einzelne Gramm Mott, das sie herstellen, Buch. Quecksilber, Dioxin, der ganze Dreck.«

»Dann schicken sie alles an eine Fabrik in Westdeutschland«, ergänzte Reino. »Und die verarbeitet den Abfall weiter. Auf diese Weise gehen diese Stoffe wieder in die Produktion.«

»Bei Inchem?«, fragte ich.

»Nein, ich glaube, die Deutschen verkaufen es weiter. Für einen viel höheren Preis, als sie für den Abfall bezahlen mussten, natürlich. Auf diese Weise verdienen alle Beteiligten ein bisschen an diesem Dreck. Das alles behaupten jedenfalls Aby und die anderen von Inchem.«

»Genau«, sagte Gerd. »Das behaupten sie. Ich glaub denen nämlich kein Wort. Ich glaube, die verdienen so wenig, wenn sie ihren Dreck verkaufen, dass es lohnender ist, den auf andere Weise beiseite zu schaffen. Und das machen sie sicher auch!«

»Tja«, meinte Mutter. »Wenn der Fjord total vergiftet ist, müsste das doch Beweis genug sein.«

»Nein«, sagte Lise. »Das könnte auch andere Ursachen haben, die wir nicht kennen. Die Umweltbehörden müssen beweisen, dass Inchem dahinter steckt.«

»Ha-ha-ha!«, sagte Vater träge. »Diese Leute da drücken doch für ein Softeis und eine Tafel Schokolade beide Augen zu.«

»Dieser Aby wirkt jedenfalls reichlich komisch«, sagte ich. Ich wollte gern auf ein anderes Thema umsteigen, falls das möglich war.

Daniel Düsentrieb lachte und schüttelte den Kopf. »Komisch ist schon das richtige Wort. Ihr wart sicher die Einzigen, die sein Auftritt auf dem Marktplatz geschockt hat. Alle, die ihn kennen, wissen, dass er eben so ist. Ein Wort genügt und er explodiert wie ein Kasten Dynamit. Das Witzige ist, dass er in der Fabrik ziemlich beliebt ist. Ich hab ein paar Sommer da gejobbt, deshalb weiß ich das. Aby ist ein Industrieller von der alten Sorte. Wirft mit ungerechtfertigten Kündigungen um sich und macht ein tierisches Theater, wenn jemand ihm widerspricht. Er liegt bloß deshalb nicht pausenlos im Clinch mit der Gewerkschaft, weil er die Kündigungen immer schon bereut, noch ehe die Gefeuerten ihren Overall ausgezogen haben. Sein Zorn legt sich genauso schnell, wie er aufflammt. Vor zwei Jahren auf der Weihnachtsfeier hat er die halbe Betriebsleitung gefeuert. War sternhagelvoll. Am zweiten Weihnachtstag wurde er wach und ihm ging auf, dass die Fabrik keine halbe Stunde arbeiten könnte, wenn er sich nicht aufmachte und dem Personal gut zuredete. Aus purem Jux sagten sie allesamt, sie würden sich lieber eine andere Arbeit suchen, und die Fabrik war bis Neujahr kaltgestellt. War alles bloß Quatsch, natürlich, alle wussten schließlich, wie Aby ist. Aber danach hat er sich wohl wochenlang zusammengerissen.«

»Er ist überhaupt nicht witzig«, sagte Gerd. »Er ist ein zynischer Geizkragen, das ist alles!«

»Ja«, sagte Daniel. »Das stimmt allerdings.«

»Hat gut geschmeckt«, sagte My.

Dann losten wir, wer das schmutzige Geschirr spülen sollte, und Vater und Asa verloren.

Vater nahm das erstaunlich gelassen hin.

Nachts im Turm

Daniel zeigte mir und dem Prof den Weg in den Turm. Eine Treppe führte vom Nordflügel hinauf, aber sie war seit Jahrzehnten nicht mehr benutzt worden, erzählte er. Nun fungierte sie als eine Art Lager für alles, angefangen von Wintermänteln und Skiern bis zu Stapeln von vergilbten Zeitungen und riesigen Kästen mit allem, von dem die Leute auf dem Hof nicht so recht wussten, ob sie es im Leben jemals wieder benötigen würden. Daniel zeigte uns mit schiefem Grinsen das Treppenhaus und nickte zum Dach hinüber. »Vom Dachboden aus gibt es noch einen Eingang zum Turmzimmer.«

Um auf den Boden zu gelangen, mussten wir eine ziemlich steile Treppe im ersten Stock hochklettern. Hier oben war es dunkel, es roch nach trockenem Staub, muffig und sonnenwarm. Nur durch ein verdrecktes Dachfenster fiel graues Licht in den Raum. Wir konnten die Umrisse einiger Kartons und Kisten sehen und etwas, das wie ein ramponierter alter Schlitten aussah.

»Einen Moment, gleich hab ich den Lichtschalter gefunden.« Daniel betastete die Wand hinter sich, dann hörten wir ein leises Klicken und der Bodenraum war in weiches, gelbes Licht gebadet.

Das Zimmer war riesig! Es zog sich quer durch das Haus, ohne Trennwände oder Unterteilung in Verschläge oder kleinere Kammern. Und wie im Treppenhaus waren die seltsamsten Dinge hier oben aufgestapelt. Der ganze Boden glich vor allem einem riesigen überdachten Flohmarkt. Hier gab es Waschschüsseln und Wannen, Stoßschlitten und radlose Fahrräder. Dutzende von Pappkartons in allen Größen, mehr oder weniger zerbrochene und eingestaubte Möbel, Fensterrahmen mit und ohne Glas, zersplitterte Spiegel. Und Stapel von Zeitungen und Illustrierten. Ich sah, dass der Prof schon eine mit Büchern und alten Zeitschriften voll gestopfte Kiste im Visier hatte, und ging davon aus, dass es nicht leicht sein würde, ihn von hier oben wegzulocken.

Außerdem ging es mir auch nicht viel anders. Leute, denen es beim Anblick eines Dachbodens wie diesem nicht in den Fingern juckt, müssen reichlich mangelhaft ausgerüstet sein!

Daniel Düsentrieb schien unsere Gedanken gelesen zu haben, denn er sagte: »Spannend, was? Eigentlich wollte ich das alles mal durchsehen und den ärgsten Müll wegschmeißen, aber irgendwie komm ich einfach nie dazu.«

Der Prof murmelte: »Den Job würde ich mit Vergnügen übernehmen. Für zehn Öre die Stunde.«

Daniel lachte. »Na, dann ans Werk. Schmeißt nur nicht alles auf den Hof. Kommt.«

Um die Tür zum Turm zu erreichen mussten wir uns einen Weg durch den Dschungel bahnen. Es war, als gingen wir auf einem schmalen Pfad durch die Vergangenheit anderer Menschen. Und ich dachte an all die Dinge, die man so anhäuft in den Jahren, in denen man auf der Erde herumlatscht. Dann stirbt man – und das war's. Ziemlich unwichtig war der ganze Kram, wenn man sich das so recht überlegt. Spannend für die neugierigen Nachkommen, aber trotzdem …

Das Turmzimmer war einfach super und noch mehr. Kreisrund und dunkel getäfelt. Zwei Fenster blickten auf die Tannenwipfel, auf einen kleinen Tümpel, ferne Gipfel und Weiden. Auf dem Boden lagen zwei Matratzen, dazwischen stand ein niedriger Tisch. Rechts neben der Tür stand ein alter, bequemer und abgenutzter Ohrensessel. Daniel verließ uns und kletterte wieder zu den anderen hinunter, während wir mit breitem Grinsen unsere Schlafsäcke ausrollten. So ein Zimmer hatte keiner von uns je gesehen!

Gegen sieben machte ich einen Spaziergang ins Freie. Der Prof hatte einen Stapel Illustrierte aus dem Jahre 1949 gefunden und ließ sich natürlich nicht bewegen. Er saß vornübergebeugt im Sessel und las und er blickte nicht einmal auf, als ich mich verabschiedete.

Draußen im Hof war frische, kühle Luft. Ich folgte einem Pfad durch Haselsträucher und erreichte bald eine Lichtung unten am Weiher. Rechts von mir gab es eine Art Landzunge, ich ging hinaus und setzte mich auf einen Stein. Friedlich. Gelinde gesagt friedlich. Keine Bewegung, kein Geräusch. Oder? Stand jemand hinter mir auf dem Pfad? Ich spitzte die Ohren und horchte. Doch. Da kam jemand. Ich konnte das leise Geräusch von feuchtem Gras hören, das gegen Hosenbeine schlug. Der Pfad war schmal, es ließ sich einfach nicht vermeiden, mit den Grashalmen in Berührung zu kommen. Ich blieb sitzen und betrachtete die Lichtung am Ufer aus zusammengekniffenen Augen.

Es war Espen. Er blieb stehen und blickte sich einen Moment lang verwundert um, dann entdeckte er mich und kam zögernd zu mir heraus.

»Auch ein bisschen die Beine vertreten?«, fragte ich. Blöder Spruch natürlich, aber so was rutscht mir eben ab und zu heraus.

»Mmm.« Espen nickte, dann hockte er sich hin, stocherte mit einem Stöckchen im Uferboden herum.

»Schön hier«, sagte ich.

»Seid ihr wirklich Detektive?« Er wandte sich halb zu mir um.

Ich lächelte und schüttelte den Kopf. »Wer hat das gesagt?«

»Meine Mutter. Sie hat gesagt, du und der Prof, ihr wärt Detektive.«

»Nicht gerade Detektive«, antwortete ich. »Aber es stimmt schon, dass wir unsere Nasen schon mal in Sachen gesteckt haben, die uns nichts angingen.«

»Ach.« Das klang enttäuscht, aber da konnte ich im Grunde ja nicht viel dran ändern.

»Steckt eure Nasen mal in die Sachen von diesem Aby«, sagte er dann eifrig. »Dann schmeißt er vielleicht kein Quicksilber mehr in den Fjord.«

»Quecksilber«, korrigierte ich. »Gehen wir wieder rauf?«

Das taten wir. Als wir an der Scheune vorbeikamen, sagte er: »Unsere Katze hat gerade Junge gekriegt. Sechs Stück. Willst du die sehen?«

»Klar«, sagte ich. »Vielleicht können der Prof und ich herausfinden, wer der Vater ist.«

Er gab keine Antwort.

Wenn ich von den Lachsalven und dem Flaschenklirren im Wohnzimmer ausgehen durfte, dann erwartete niemand für diesen Abend meine Gesellschaft. Deshalb ging ich lieber gleich in die Küche um mir ein paar Brote zu schmieren. Am Tisch saß Gerd, las Comics und trank Tee.

Sie nickte zum Wohnzimmer hinüber. »Jetzt haben sie sich über den Stachelbeerwein hergemacht.«

»Ich hörs«, antwortete ich und schnitt mir ein paar dicke Schnitten von dem selbst gebackenen Brot ab, das auf dem Küchentisch lag.

»Alles andere liegt im Schrank«, sagte sie.

»Himmel«, sagte ich. »Makrelen in Tomate. Ich dachte, ihr wärt hier allesamt Vegos.«

»Hat sicher dein Vater mitgebracht. Machst du mir auch ein Makrelenbrot?«

»Klar.«

Danach kroch ich die schmale Treppe zum Boden hoch, wobei ich auf dem linken Unterarm vier Brote balancierte und in der rechten Hand ein Glas Milch trug. Ich war zwar ein gut trainierter Kellner ohne Tablett, aber das Treppensteigen war doch eine neue Übung für mich.

Als ich nach oben kam, dachte ich: Es brennt! Es roch reichlich verqualmt.

Ich legte die Brote blitzschnell auf eine Kiste, stellte das Milchglas ab und lief in den Turm hinauf, riss mit hämmerndem Herzen die Tür auf. »Prof?«

»Was in aller Welt ist denn in dich gefahren? Ist dir da unten der alte Evensen begegnet?« Der Prof blickte mich vom Sessel her verblüfft an.

»Der Teufel soll dich holen!«, fauchte ich. »Mir dermaßen Angst einzujagen.«

Der Prof hatte sich bequem zurückgelehnt, in seinem Mundwinkel bammelte eine große gelbweiße Pfeife. Das Zimmer war zugeräuchert, der Boden mit Papieren und alten Protokollen übersät. Ich lief hinüber und riss beide Fenster auf, dann ging ich wieder nach unten, um Milch und Brote zu holen.

»Ich wollte dich doch nicht erschrecken«, sagte der Prof, als ich zurückkam. »Aber schließlich kann man nicht jeden Tag eine echte Meerschaumpfeife rauchen.«

»Nein, zum Glück«, sagte ich. »Wo hast du die denn her?«

»Draußen gefunden, natürlich. In einer Kiste, die sicher Großhändler Evensen gehört hat.«

»Dieser Tabak muss doch hundertfünfzig Jahre alt sein«, meinte ich. »Du wirst sicher sterbenskrank.«

»Vorerst geht es mir jedenfalls ausgezeichnet.« Er zeigte auf alle Papiere, die ihn umgaben. »Dieser Evensen muss wirklich ein witziger Typ gewesen sein.«

»Wieso denn?«

»Der hat sich offenbar mit dem ausgefallensten Kram amüsiert. Alles, vom Gedichteschreiben bis zu wahnwitzigen Erfindungen. Schau mal!« Er hielt ein gelbes Papier mit einer Zeichnung hoch, die eine Mischung aus einem U-Boot und einem Hubschrauber darstellen musste. »Haufenweise biologische und zoologische Notizen gibt's auch. Eingehende Studien über braune Ameisen bis zu Beobachtungen von Zugvögeln, die hier jedes Jahr vorbeikommen. Und hier … wart mal, wo steckt das denn … am 19. Mai 1898 hat er doch tatsächlich einen Wal mit zwei Köpfen gesehen! Um neun Uhr sechzehn. Gute Sicht.«

»Meine Güte!«, sagte ich.

»Exzentrisch«, verkündete der Prof und zog an der Pfeife. »Der muss total und restlos ausgetickt gewesen sein.«

Wir wühlten noch stundenlang in Großhändler Evensens hinterlassenen Papieren. Seine Schrift war verschnörkelt und nur schwer leserlich, aber es lohnte die Mühe, das zu entziffern, was auf den verschiedenen Bögen stand. Wir stellten sogar fest, dass er in der Scheune Zimmer-Stabhochsprung geübt und mindestens zwei Geliebte gleichzeitig gehabt hatte – und dazu hatte er noch seine rechtmäßige Ehefrau! Wir lachten, bis uns die Tränen kamen.

Kurz nach zwölf wurde plötzlich energisch an die Tür geklopft und wir fuhren zusammen, als ob wir etwas Ungesetzliches getan hätten. Als wollte uns der alte Evensen jetzt unser Gegrinse vermiesen.

Gerd steckte den Kopf herein. »Ich hab gehört, dass ihr noch wach seid. Da unten kann ich einfach nicht schlafen, solange die so weitergrölen.«

»Komm rein«, sagte ich und machte auf einer Matratze Platz für sie. »Haben die noch viel Wein?«

»Ich fürchte, ja«, sagte sie und setzte sich. »Aber die kippen sicher bald um. Jedenfalls reden sie jetzt schon über Gefühle und das leitet in der Regel das Finale ein.«

»Sei da nicht so sicher«, meinte ich. »Meine Mutter schweift jedenfalls nur so selten aus, dass ich mich über einen kleinen hysterischen Anfall in *der* Ecke nicht weiter wundern würde. Tagsüber ist sie ruhig wie ein Felsen, weißt du. Hat haufenweise unterdrückten Kram auf Lager.«

»Was macht ihr hier eigentlich?« Sie hob ein Blatt Papier hoch.

»Informieren uns über Leben und Werk von Großhändler Evensen«, sagte der Prof und griff wieder zur Meerschaumpfeife. Stopfte sie mit strohtrockenem Tabak. »Ziemlich witzig. Aber erzähl uns lieber mehr von diesem verdammten Gift im Fjord. Bist du wirklich bei Natur & Jugend?«

»Ja, sicher.«

»Hast du auch schon an Aktionen teilgenommen?«, wollte ich wissen. »Hab eine Menge über euch in der Zeitung gelesen. Natur & Jugend und Bellona. Und Greenpeace, natürlich. Klettern auf Schornsteine und ziehen noch anstrengendere Kisten durch. Vermauern Abwasserrohre und so was.«

»Das alles ist aber anderswo passiert. Hier unten ist bisher noch nicht viel gelaufen. Aber wir haben in der Stadt Flugblätter verteilt und so. Gegen die Autogesellschaft.«

»Das ist ja auch wichtig«, sagte der Prof bereitwillig.

»Aber jetzt wirds hier unten sicher richtig heiß hergehen? Ihr wollt doch nicht bloß auf dem Marktplatz herumstehen und quasseln?«

Ich glaubte eigentlich nicht, dass der Prof herumnerven wollte, aber nach der letzten Frage konnte ich Gerd ansehen, dass ihr nicht wohl zu Mute war. Sie wurde nicht sauer, aber irgendetwas Seltsames lief in ihrer Birne ab, das war ganz klar. Und ich hatte den Eindruck, dass diese Birne ziemlich lebhaft und klar war. Sie schien Lust zu haben etwas zu sagen, aber aus irgendeinem Grund schien sie lieber die Klappe zu halten. Blöde Situation. Als ich sie gefragt hatte, ob sie schon an Aktionen teilgenommen hätte, hatte sie geantwortet, dass hier unten noch nicht so viel gelaufen wäre – *noch nicht*. Also würde etwas passieren, folgerte ich. Das hatte natürlich auch der Prof gerafft und nun stellte dieser Schlaukopf ihr eine Falle.

»Wenn Natur & Jugend Aktionen macht, dann können sicher nur einzelne Mitglieder mitmachen, oder? Ihr könnt euch doch nicht zu zweihundert und mehr gegenseitig auf die Zehen treten.«

»Natürlich nicht«, antwortete Gerd, als ob sie das alles gar nicht interessierte.

»Die nehmen sicher die, die schon am längsten dabei sind«, sagte ich. »Die Ältesten. Und außerdem können doch bloß Greenpeace und Bellona richtig Action in ihre Unternehmungen bringen.«

Gerd musste plötzlich lachen. »Ihr seid vielleicht witzig! Wollt mich zum Reden bringen, was? Himmel, so geheim ist das nun auch wieder nicht. Und ich glaub auch nicht, dass ihr damit gleich zur Zeitung rennt. Doch, für übermorgen ist eine Aktion geplant. Und ihr habt ganz Recht, ich darf nicht mitmachen, weil ich erst vierzehn bin. Ich kann euch flüstern, ich war verdammt sauer, als sie mir das erklärt haben. Sie sagen, es hätten sich schon so viele ›angemeldet‹, aber ich bin ja schließlich nicht ganz bescheuert.«

Jetzt schämten der Prof und ich uns ein bisschen. Hatten das Gefühl, uns voll blamiert zu haben.

»Tut mir Leid«, sagte ich. »Erzähl doch mal.«

»Soviel ich weiß, waren schon Leute von der Umweltbehörde in der Fabrik und haben die Produktionsgeräte kontrolliert. Wir glauben, dass sie nichts gefunden haben.«

»Aber …«

Sie winkte mir um mich zum Schweigen zu bringen. »Und das werden sie wohl auch bald bekannt geben, morgen wahrscheinlich.«

»Morgen ist Pfingstsonntag«, warf der Prof ein.

»Das spielt keine Rolle. Auch sonntags werden Nachrichten gesendet. Und wenn da draußen alles in Butter ist, dann kommt es sofort im Lokalradio, damit die Leute sich abregen – so denken die jedenfalls.«

»Meine Güte«, sagte ich. »Glaubst du, die Umweltbehörde würde sagen, alles ist in Ordnung, wenn es gar nicht stimmt? Dass Aby ihnen ein paar Tausender rübergeschoben hat, damit sie die Klappe halten oder lügen?«

»Aber nein. Wir sind hier doch nicht in Chicago. Wir glauben auch, dass die Maschinen bei Inchem in Ordnung sind.«

Der Prof und ich müssen ausgesehen haben wie ein doppeltes Fragezeichen.

»Aber«, fuhr sie fort, »wir glauben nicht, dass es immer schon so war. Und wir wissen, dass sie ihren Abfall erst seit 1978 nach Deutschland schicken. Damals haben sie sich mit einer anderen Fabrik hier unten zusammengetan. Deshalb sind wir sicher, dass irgendwo ein Giftberg liegt, und wir glauben auch zu wissen, wo.«

Jetzt fing ich wirklich an neugierig zu werden. »Was wird das denn für eine Aktion?«

»Ausgrabungen auf dem Lagergelände im Süden der Fabrik«, sagte sie. »Mit Anwesenheit der Presse. Wir sind ziemlich sicher, dass da alte Fässer voll Mott verbuddelt sind.«

»Quecksilber, Dioxin und Co.?«

»Ja. Und Co. Massenhaft Dreck. Mott ist eigentlich ein Wort, das die Arbeiter bei Inchem für diese Soße verwenden, aber in der letzten Zeit ist das ein Wort geworden, das uns hier alle angeht.«

»*Ziemlich* sicher seid ihr?«, fragte der Prof skeptisch. »Wenn ihr nun aber die Presse einladet und nichts findet, was dann? Dann wird jedenfalls nicht Aby mit Namen und Adresse in den Zeitungen fertig gemacht.«

»Er weiß, wovon er redet«, sagte ich. »Sein Bruder Göran arbeitet beim Dagbladet. Journalisten sind in Ordnung, wenn sie auf deiner Seite stehen, aber wenn sie feststellen, dass sie ihre Kohle besser verdienen können, wenn sie dich fertig machen, o verdammt!«

Gerd sah auf die Uhr. »Viertel nach eins. In diesem Moment stellen unsere Leute fest, ob da hinten wirklich was in der Erde liegt. Wir sind doch auch nicht ganz bescheuert.«

Der Prof stieß einen anerkennenden Pfiff aus.

»Aber meinst du, dass …«

Ein Höllenlärm auf dem Hof unterbrach mich. Zersplitterndes Holz und brechendes Glas. Dann gellte Mutters Stimme durch die dunkle Nacht. Heiser und fremd war die Stimme, aber es bestand leider kein Zweifel mehr daran, wer da unten Amok lief. »Rolf! Zum Teufel, Rolf! Macht keinen Scheiß, Rolf! Ich wollte doch bloß ... Wollte doch nicht ... aber wenn du und Asa so einfach ... Rooooolf!« Mein Vater heißt mit Vornamen Rolf.

»Hast du jetzt aufgeraucht?«, fragte ich genervt den Prof. »Damit ich das verdammte Fenster wieder zumachen kann?«

Nachrichten

Als der Prof und ich am nächsten Tag zum Frühstück nach unten gingen, waren die Verhältnisse ziemlich chaotisch. Dem Tischtuch war anzusehen, dass einige im Stehen ein Frühstück eingeworfen hatten, das nur aus schwarzem Kaffee und sonst gar nichts bestanden hatte. Nur Daniel Düsentrieb und Gerd waren in der Küche. Daniel las in einem Buch über Astrologie und Gerd kaute auf einem Brot herum und machte ein geheimnisvolles Gesicht.

»Gibt's was Neues?«, wollte ich wissen. Wir setzten uns und der Prof begann das Brot zu schneiden. Gerd warf mir einen Blick zu, der mir zu verstehen gab, dass ich ganz schnell meine Klappe wieder dichtmachen sollte. Teufel auch. Ich hatte mich blamiert. Dass sie uns von ihrem Plan erzählt hatte, bedeutete schließlich nicht, dass sie auch die Erwachsenen eingeweiht hatte. Natürlich nicht!

»Gut geschlafen da oben?« Daniel schaute von seinem Buch hoch.

»Wie die Steine«, antwortete ich.

»Der alte Großhändler Evensen hat keinen Ärger gemacht?«

»Die Toten halten wenigstens die Klappe.« Der Prof lachte.

»Im Gegensatz zu gewissen anderen«, sagte ich. »Wo sind Mutter und der Rest der Bande?«

»In der Sauna. Lise und ich haben hinter der Scheune eine finnische Sauna gebaut. Schau auch mal rein und schwitzt allen Dreck aus.«

»Nicht alle hier haben gleich viel Dreck auszuschwitzen«,

sagte ich und warf einen Blick auf eine imponierende Sammlung von leeren Flaschen, die an der Tür aufgereiht standen. Und zehn wilde Pferde würden mich nicht in eine Sauna voller rosa Hintern und Busen und Bäuche und Schenkel bringen. Jetzt saß die ganze Blase sicher da unten und war tierisch frei, während alle sich heimlich aus ihren blutunterlaufenen Kateraugen kritische Blicke zuwarfen. Gerd und der Prof dachten offenbar ähnlich, jedenfalls schienen auch sie sich nicht bewegen zu wollen.

Daniel stopfte sich grunzend das Astrologiebuch in die Tasche und ging hinaus.

»Für einen Bauernhof herrscht hier aber eine ziemlich gelassene Atmosphäre«, sagte der Prof. »Ich dachte, Bauern würden vor Sonnenaufgang aufstehen, um zu melken und auszumisten und so?«

»Das ist hier ja auch kein echter Bauernhof«, erklärte Gerd. »Zwei Schafe und acht Katzen. Und ein Fetzen Boden, wo wir unser Gemüse anpflanzen.«

»Und die Kohle?«, wollte ich wissen.

»Reino und Lise arbeiten hier in der Nähe auf einer Lachsfarm. Und Daniel hat alle möglichen Jobs. Meine Mutter webt Teppiche und Decken. Sie kommen zurecht. Hier draußen gibt's ja auch nicht viele Verlockungen.«

»Blöd von mir, dass ich vorhin die Klappe aufgerissen hab«, sagte ich. »Tut mir Leid.«

»Das war nicht so schlimm. Ich fand bloß, es hätte keinen Zweck, das von der Aktion herumzuschreien.«

»Gibt's denn nun Neuigkeiten?«, fragte der Prof.

»Hmm. Im Lokalradio haben sie gesagt, es gäbe keine Anzeichen dafür, dass die Fabrik Mott in den Fjord wirft. Später bringen sie natürlich einen genaueren Bericht, aber ich glaube, wir können davon ausgehen, dass sich das

Ergebnis nicht mehr ändert.« Sie lachte. »Und dann gab es ein kurzes Interview mit einem putzmunteren Aby.«

»Klar war der munter«, sagte ich. »Jetzt wird er ja von allen Vorwürfen rein gewaschen.«

»Werden wir sehen«, sagte Gerd mit schlauem Lächeln. »Gibt's noch mehr Makrelen in Tomate?«

»Ich hab mir was überlegt«, begann der Prof.

»Ich glaub sogar, ich weiß, was du dir überlegt hast«, sagte Gerd und schmierte sich ein dickes Makrelenbrot. »Du hast dich gefragt, ob wir nicht dabei sein können, wenn sie morgen früh die Fässer ausgraben.«

»Ja«, sagte der Prof. »Wenn da überhaupt Fässer liegen.«

Gerd nickte eifrig. »Darauf kannst du Gift nehmen. Ich habe heute früh angerufen. Die anderen sind heute Nacht fündig geworden.«

»Und?«, fragte ich.

»Natürlich könnt ihr einen diskreten Blick auf die Aktion werfen.«

Es wurde ein öder Tag. Nun, wo wir wussten, dass vor uns ein spannender Tag oder gar eine spannende Nacht lag, war es schwer, sich auf etwas anderes zu konzentrieren. Es gab auch nicht viel, worauf wir uns konzentrieren konnten. Die Erwachsenen latschten mit Kater und ausgefransten Nerven durch die Gegend und hatten in der finnischen Sauna offenbar doch nicht alles ausgeschwitzt. Mutter war stumm wie ein Fisch, Vater wuselte planlos über den Hof. Asa ließ sich nicht sehen, wir konnten aber hören, dass sie irgendwo im Haus ziemlich brutal mit ihrem Webstuhl umsprang. Beim Essen tauten alle ein bisschen auf, aber es war klar, dass die munteren Festlöwen von gestern heute früh ins Bett wollten. Das passte uns ausgezeichnet.

»Aber wie kommen wir denn zur Fabrik?«, fragte ich, als wir so taten, als ob wir uns zum Schlafengehen fertig machten. »Das ist doch ziemlich weit?«

»Macht euch keine Sorgen«, sagte Gerd. »Wir fahren mit dem Rad. Ich bereite alles vor und komme so gegen halb zwölf zu euch nach oben. Dann müssen wir ein paar Stunden warten, aber zusammen geht das doch besser, oder? Hat ja keinen Zweck, ins Bett zu gehen. Wir müssen um halb sechs da sein um alles mitzukriegen.«

»Schön. Aber hören die Alten uns nicht, wenn wir durchs Haus schleichen?«

»Wenn du dir noch mehr Sorgen machst, dann spuck sie lieber gleich aus.«

»Nein, nein. Ich verlass mich auf dich. Natürlich.«

»Gut. Ich kann Leute mit Magengeschwür nicht brauchen, verstehst du!«

Sie erschien Punkt halb zwölf und brachte einen fertig gepackten Tourenrucksack mit. Genug zu essen für alle drei, zwei Thermosflaschen mit glühend heißem Tee – eine, um uns die Wartezeit hier zu verkürzen, und eine, um uns nachher aufzuwärmen.

Wir quatschten über alles Mögliche, während die Zeit vor sich hin schlich, und der Prof las ziemlich komische Aufzeichnungen aus Großhändler Evensens wunderlichem Leben vor.

Aber gegen vier war es dann Zeit zum Aufbruch.

»Jetzt zeig ich euch, wie wir aus dem Turm rauskommen, ohne dass irgendwer auch nur einen Mucks hört«, sagte Gerd und zog eine Matratze mitten ins Zimmer. Wir hatten ja die Tür in der Wand gesehen, von einem Geheimgang oder so was konnte deshalb keine Rede sein. Aber Daniel

Düsentrieb hatte uns doch erklärt, dass die Treppe blockiert war. Das sagte ich dann auch.

»Das bildet er sich bloß ein«, antwortete Gerd. »Die Erwachsenen bilden sich immer ein, sie hätten alles unter Kontrolle. Espen und ich haben uns unter den ganzen Kartons und Kisten eine Art Tunnel gebohrt. Wir müssen auf allen vieren kriechen, aber das geht.«

Der Prof warf mir einen zweifelnden Blick zu, als er hinter ihr in der Dunkelheit verschwand, aber zum Glück brauchte ich ihn unterwegs nicht freizuschaufeln. Nach wenigen Minuten standen wir draußen und spuckten Staub und Spinnweben. Die beiden Räder, die der Prof und ich leihen konnten, waren alt und abgenutzt, aber neulich erst vom »Fummler« Düsentrieb überholt, wie Gerd sagte. Wir sprangen auf und strampelten hinter ihrem Rücklicht her.

Graben in der Dämmerung

Es war Viertel vor fünf an einem Feiertag. Die Innenstadt von Steinsund war völlig verödet.

Ich holte Gerd ein und fragte: »Ist's noch weit?« Ich stellte diese Frage meinet- und des Profs wegen. Er lief langsam dunkelrot an und sein Atem ging wie ein Blasebalg. Ich hätte ihn gern gefragt, ob er sich an die Meerschaumpfeife erinnerte, ließ es aber sein.

»Nein, wir sind bald da. Du kannst die Fabrik auf dem anderen Fjordufer sehen.« Sie zeigte hinüber.

Inchem war kleiner, als ich mir das vorgestellt hatte. Nach dem ganzen Gerede über diese Fabrik während der letzten zwei Tage hatte ich an ein riesiges Industriegelände gedacht, aber da hatte ich mich also geirrt. In dem grauen Licht über dem Fjord und dem Land auf der anderen Seite konnte ich einige flache weiße Häuser und zwei nicht allzu hohe Schornsteine sehen, das war alles. Fast hätte ich Abys Gerede geglaubt. Das alles sah doch genauso unschuldig aus wie ein Altersheim.

Wir überquerten einen breiten Fluss und nun bog der Weg zum Fabrikgelände von der Hauptstraße ab. Er führte zwischen hoch gewachsenen Bäumen nach links und verschwand weiter unten hinter einer Kurve. Gerd hielt an und zeigte auf einen schmalen Pfad, der auf der anderen Seite des Weges ins Gebüsch führte. »Da rauf! Wir gehen ein Stück und verstecken die Räder. Es gibt oben am Hang einen brauchbaren Aussichtspunkt.«

Der Hang, auf den sie zeigte, wirkte weder auf den Prof noch auf mich besonders einladend. Steil hob er sich zum

Himmel, siebzig oder achtzig Meter entfernt. Aber dass Gerd die Chefin dieser Safari war, war klar wie Tinte, deshalb konnten wir bloß hinter ihr hertrotten.

»Wir sollten uns vielleicht ein bisschen beeilen«, sagte sie atemlos, während sie ihr Rad vorsichtig unter ein dichtes Gebüsch neben dem Pfad schob. Wir befolgten ihr Beispiel und nach einigen Minuten war nicht einmal mehr ein Pedal zu sehen.

»Hast du auch Bergsteigerausrüstung mitgenommen?«, fragte der Prof und runzelte die Stirn, während er die Felswand musterte.

»Sieht schlimmer aus, als es ist«, tröstete Gerd. »Wir müssen nicht nach ganz oben und zum Aussichtspunkt führt ein guter Weg. Keine Gefahr. Hier laufen die Leute seit Jahrhunderten herum, und soviel ich weiß, hat sich noch niemand körperlich verletzt.« Sie ging mit raschen Schritten bergauf.

»Körperlich? Wie meinst du das?«, fragte ich sie.

»Wir sind unterwegs zu so einem Techtelmechtel-Ort. Grün gemalte Bank mit geschnitzten Herzchen und so.«

»Romantisch«, murmelte der Prof.

Zuerst gingen wir durch Wald, nach und nach standen die Bäume aber immer spärlicher. Als wir den kleinen runden Platz erreichten, der das Ende des Weges darstellte, befanden wir uns auf gleicher Höhe mit den Baumkronen. An einer flachen Mauer stand die grüne Bank und sah genauso aus, wie Gerd sie beschrieben hatte. Hier hatten sich viele schweißnasse Liebhaber beim Warten mit dem Messer die Zeit vertrieben. Das ging mich zwar nichts an, aber ich hätte ja doch gern gewusst, wie oft Gerd schon mit irgendeinem Heini hier oben gesessen hatte. Und als ich dem Prof einen Blick zuwarf, war ich ganz sicher, dass es ihm genauso ging. Und noch eins: Dieser Gedanke gefiel ihm überhaupt nicht. So, so, dachte ich, als ich sah, wie er die in die Bank eingeschnitzten Namen musterte. So, so, du alter Prof!

Wenn Gerd jedoch romantische Erinnerungen an hier oben hatte, dann schien sie nicht besonders daran interessiert zu sein sie aufzufrischen. Sie wühlte bereits im Rucksack um das Fernglas zu finden.

Die Aussicht von diesem Kussort war ganz einfach hervorragend. Wir konnten den ganzen Fjord und den kleinen Sund sehen, der ins offene Meer führte. Der Weg hierher aus der Stadt lag unter uns wie ein gewundener Schlauch und die Gebäude von Inchem waren nur einen Steinwurf entfernt. Das Gelände war groß und von einem hohen Drahtzaun umgeben. Um ein Haus, das ich für eine Lagerhalle hielt, standen überall Stapel von großen Fässern und allen Arten von Kisten. Unten an einer kleinen Brücke lag ein Schlepper und riss an den Vertäuungen. Vorläufig war kein Mensch zu sehen.

»Wird die Produktion über Pfingsten angehalten?«, fragte der Prof.

»Ja. Sonst fahren sie drei Schichten. Der ideale Zeitpunkt um da drinnen auf Schatzsuche zu gehen, mit anderen Worten. Die Wachgesellschaft dreht ihre Runden, aber nach unserer Berechnung tauchen sie erst auf, wenn die Aktion schon voll im Gang ist. Falls nicht irgendwer geplappert hat.« Sie warf mir einen Blick zu, den ich nicht zu deuten wusste.

Ich sah auf die Uhr. »Fünf nach halb sechs. Jetzt müssen sie doch bald aufkreuzen.«

Alle drei starrten wir konzentriert in Richtung Stadt.

Daher würden sie nämlich kommen.

Um Punkt zehn vor sechs tauchte der erste Wagen in der Ferne auf einem Hügelkamm auf. Es konnte natürlich auch irgendwer sein, der gar nichts mit der Aktion zu tun hatte, aber das glaubten wir nicht. Vor allem nicht, als wir sahen, dass diesem ersten Wagen eine ganze Kolonne folgte. Ich zählte.

»Zwölf Autos! Und … ein Wohnwagen?«

»Ein fahrendes Labor«, erklärte Gerd, die durch das Fernglas schaute. »Klingt gut, ist aber keine Sensation. Wir haben zwei Studenten zur Hilfe bekommen und die können auf jeden Fall feststellen, ob Mott in den Tonnen ist. Ob der Giftgehalt hoch oder niedrig ist, kann nur ein richtiges Labor ermitteln. Proben werden natürlich danach an die Umweltbehörde geschickt. Aber es wäre ja ein schöner Reklameeffekt für uns, wenn wir der Presse sofort mitteilen könnten, dass die Tonnen Gift enthalten. Gut, dass die Studenten rechtzeitig angekommen sind. Sie müssen mitten in der Nacht in Oslo aufgebrochen sein.«

Der Prof sah mich ernst an. Er hatte dieselbe schwache Stelle an diesem Plan entdeckt wie ich, aber auch er sagte nichts. Wir konnten nur Däumchen drücken und aufs Beste, oder genauer gesagt, aufs Schlimmste hoffen.

Der Wagenzug erreichte die verschlossenen Fabriktore und plötzlich wimmelte es da unten von Menschen. Nun konnten auch der Prof und ich gut sehen, ein Fernglas war nicht mehr nötig, um mitzubekommen, was unten ablief. Fünf Personen sahen anders aus als der Rest. Sie trugen verwaschene blaue Overalls und hatten Spaten und anderes Werkzeug.

Die anderen, Journalisten und Fotografen, scharten sich um sie, wurden aber höflich und bestimmt beiseite geschoben.

»Jetzt öffnen sie die Giftdose«, sagte Gerd aufgeregt. »Seht doch!«

Ich übernahm das Fernglas und konnte sehen, wie ein kräftiger Bursche mit einer riesigen Kneifzange das Tor- schloss erledigte. Das zerstörte Schloss fiel auf den Boden und eine Frau trat vor und öffnete das Tor mit einem Tritt. Dann gingen alle hinein.

Das Gelände, das umgegraben werden sollte, lag am Meer, etwa fünfzig Meter von den Tonnen und Kisten ent- fernt. Dort unten wuchs nicht viel, und obwohl ich das aus der Entfernung nicht genau sehen konnte, glaubte ich doch, dass es sich um Sandboden handelte. Das Graben würde also nicht schwer sein. Als die ersten Spaten da unten in die Erde gesteckt wurden, schlug Gerd eine Frühstücks- pause vor.

»Spitze!«, sagte der Prof und ließ sich von mir das Fern- glas geben. »Es dauert sicher eine Weile, bis die das erste Fass rausgefischt haben.«

»Halbe Stunde vielleicht«, sagte Gerd und verteilte Tee- becher. »Danach können wir auch runtergehen.«

Der Prof ließ sich ein Käsebrot geben und setzte sich auf den Hocker. »Wer sind diese Presseleute eigentlich?«

»Keine Ahnung«, sagte Gerd und goss Tee ein. »Die Lo- kalzeitung natürlich. Und die großen südnorwegischen Zei- tungen. Zwei Rundfunksender. Und VG und Dagbladet, glaub ich.«

»Göran seh ich da unten jedenfalls nicht«, murmelte der Prof. »Auch sonst keine mir bekannte Visage vom Dag- bladet. Aber die schicken sicher einen Korrespondenten aus Kristiansand oder Stavanger.« Er legte das Fernglas auf den Boden um sich voll und ganz aufs Essen konzentrieren zu können.

Ich stand auf und lief ein bisschen herum um meinen Tank zu leeren. Und als ich so dastand und der Natur ihren Lauf ließ, richtete ich meinen Blick auf den anderen Teil der Natur. Den Fjord, den Wald und die flachen Felder. Aber plötzlich wurde dieses ruhige Bild grob durch zwei Polizeiautos und einen blauen Wagen gestört. Sie kamen im Affenzahn aus der Stadt und ich war ziemlich sicher, dass ich wusste, wohin sie wollten.

»Die Bullerei rückt an!«, rief ich und machte, dass ich fertig wurde. »Und Aby, wenn ich mich nicht sehr irre!«

Ich rannte zu den anderen zum Aussichtspunkt zurück, um zu sehen, was unten bei der Fabrik passieren würde, wenn das Gesetz und der Direktor eintrafen. Der Prof und Gerd standen schon dicht beieinander und schauten abwechselnd durchs Fernglas.

Zwei Minuten später hatten alle drei Wagen das offene Tor erreicht und kamen in einer Staubwolke zum Stehen. Zuerst stieg Aby höchstpersönlich aus, ich konnte seine kleine Gestalt mit den fuchtelnden Armen problemlos erkennen. Vermutlich warf er mit weniger schönen Wörtern nur so um sich, aber zum Glück waren sie bei uns oben nicht zu hören. Die Polizisten, die nach und nach ausstiegen, schienen ebenfalls ihre alte Rolle zu spielen – jedenfalls waren mindestens zwei damit beschäftigt, den erregten Direktor zu beruhigen, während die anderen mit den Aktivisten redeten. Aby versuchte die ganze Zeit durch verschiedene Finten den Polizisten zu entkommen und auf das Fabrikgelände zu rennen, am Ende aber spazierte er verhältnismäßig ruhig zwischen den beiden uniformierten Knaben hinein. Natürlich machte er einige dusselige Versuche, sich auf die zu stürzen, die drinnen ihre Spaten schwangen, wurde aber immer schnell abgewehrt. Die Fotografen liefen hin und her und knipsten ihn und die Grabenden, und die Luft um Abys Kopf war voll von Mikrofonen und Kugelschreibern. Mitten im ganzen Wirrwarr von Beinen und Armen, Tonbandgeräten und Schreibblocks konnten wir sehen, dass mehrere dunkelblaue Fässer freigelegt worden waren. Eines davon wurde gerade mit einer Kette oder einem Tau hochgehievt. Aby schlug sich vor die Stirn und hüpfte hin und her.

Ein leises Geräusch hinter mir ließ mich herumfahren. Der Prof und Gerd waren offenbar zu aufgeregt um etwas zu hören. Kieselsteine und Sand rieselten an der steilen Felswand nach unten und verschwanden im Gebüsch. Eine Lawinenwarnung? Ich spürte ein Ziehen im Bauch, blieb stehen und studierte den Berg hinter uns, aber nichts deutete auf irgendeine Gefahr hin. Ich sah nur jahrtausendealten blauschwarzen Berg. Oben wuchsen einige vom Wind gebeutelte Bäume und einzelne spärliche Büsche, die sich schwach im Wind bewegten. Im Wind, ja. Es musste der Wind gewesen sein. Ich drehte mich wieder um, damit ich das Geschehen unter uns verfolgen konnte. Die Tonne war jetzt oben angekommen und einer der Aktivisten schlug ein Loch in den Deckel um eine Probe vom Inhalt zu nehmen. Die Presseleute drängten sich zusammen, als ein zylinderförmiges Dings ins Loch gesteckt wurde.

»Jetzt wird's spannend!«, sagte Gerd, als die Probe einer Person überreicht wurde, die augenblicklich das Fabrikgelände verließ und im Wohnwagen verschwand.

Aber wieder wurde ich abgelenkt. Denn in dem Moment, als der Prof und Gerd losredeten und einander ins Wort fielen, hörte ich das Geräusch wieder. Kieselsteine, die den Berghang hinunterkullerten und die Blätter der Büsche am Rand des runden Platzes trafen, auf dem wir standen.

»Ich komm gleich wieder«, sagte ich. »Mein Bauch ist so komisch.«

In Wirklichkeit war mein Bauch ja okay. Aber ich hatte Argwohn geschöpft. Ich folgte dem Hang dreißig, vierzig Meter bergauf, bis ich einen schmalen Spalt fand, der nach oben führte. Der Spalt war voller großer Steine und Hagebuttensträucher, aber soviel ich sehen konnte, gab es keinen anderen Weg zum Gipfel. Und auf den Gipfel wollte ich.

Es war schwierig sich voranzukämpfen. Nicht nur wegen der Dornen und der großen Steine, die sich verkeilt hatten – sondern auch, weil es so schrecklich steil war. Ich musste mich festklammern und brauchte bei jedem Schritt lange um festen Tritt zu finden. Meter um Meter näherte ich mich dem Ende des Spalts, während ich mir immer wieder sagte, dass ich mich jetzt auf keinen Fall umsehen dürfe. Mir wird immer leicht schwindlig, wenn ich nach unten schaue, und jetzt war ich wirklich hoch. Nur einige schmale Felsvorsprünge konnten verhindern, dass ich rückwärts in den Abgrund stürzte.

Meter um Meter zog ich mich weiter. Zum Ende hin wurde der Spalt immer schmaler und es war schwer, für Hände und Füße einen Halt zu finden.

Und nun sah ich auch, dass zwischen dem Ende der Spalte und dem Gipfel noch ein guter Meter lag. Wie in aller Welt sollte ich weiterkommen? Vielleicht würde ich hier oben stecken bleiben, ohne auch nur die geringste Chance vor- oder zurückzukommen. Und was wollte ich überhaupt hier? Ein Verdacht. Ein loser Verdacht. Meine verdammte Neugier würde mich eines Tages bestimmt das Leben kosten!

Ich hatte Schwein. Als ich am Spaltende angekommen war, entdeckte ich rechts von mir eine schmale Rinne. Platz genug für ein Paar Schuhe Größe neununddreißig. Ich bebte am ganzen Körper, als ich mich hinüberzog, die ganze Zeit Bauch und Brust an den rauen Fels gepresst, im Rücken den Tod. Über mir hatte ich den Gipfel, so nah, dass ich mich über den Rand ziehen könnte, wenn ich nur genug Kraft in den Armen hätte. Und die musste ich haben! Nichts sollte mich daran hindern, jetzt nach oben und in Sicherheit zu kommen. Und während ich mich abmühte und schwitzte, fragte ich mich natürlich, ob ich denn völlig bescheuert wäre oder ob ich richtig erraten hätte, warum Steine und Sand vom Berg rutschten. Ich wollte gerade den entscheidenden Sprung wagen, als ich unter mir den Prof brüllen hörte. »He, pass doch auf, du Idiot! Das ist ja lebensgefährlich! Peter!«

Alles umsonst!, dachte ich und stieß mich ab. Bloß weil der Prof seine verdammte Klappe nicht halten konnte. Aber der Schock über den plötzlichen Ruf von unten hatte mir noch mehr Tempo gegeben. Ich landete auf den Ellbogen und konnte mein rechtes Bein über den Rand schwingen, ehe ich vor Schmerz Sterne und brennende Planeten sah. Aber gleichzeitig hatte ich solche Angst vor dem Absturz, dass ich ganz automatisch weiterrollte ohne auf die Schmerzen Rücksicht zu nehmen. Das alles kann nicht länger gedauert haben als einige kurze Zehntelsekunden, aber mir kam es vor wie eine Ewigkeit. Nur schade, dass die Zeit für den Menschen, der sich hier oben aufgehalten hatte, nicht genauso langsam vergangen war. Er musste losgerannt sein, als er den Prof rufen hörte, und er begriff, dass ich unterwegs nach oben war. Ich hörte nur die Büsche weiter entfernt auf dem Felsvorsprung knacken und hatte den unklaren Eindruck eines grauen Pulloverrückens, eines Hinterkopfs und eines rechten Arms, dann schloss sich hinter ihm das Buschwerk. Ein Hinterkopf mit zerzausten vielfarbigen Haaren, die in einem grünen Rattenschwänzchen endeten! Ein rechter Arm und eine Hand, die etwas Weißes und Rechteckiges umklammerte.

Ich war ganz sicher, dass ich zum ersten Mal in meinem Leben ein Mobiltelefon gesehen hatte.

Metallflundern

Auf der anderen Seite des Gipfels fand ich einen schmalen Weg, auf dem ich wieder nach unten ging. Ab und zu blieb ich stehen, um zu horchen, aber kein Geräusch wies darauf hin, dass irgendwer auf der Flucht durchs Grüne sein könnte. Entweder hatte der Flüchtling einen breiteren Weg gefunden, auf dem er sich nicht so wie ich seinen Weg durch den Busch brechen musste, oder er stand irgendwo mäuschenstill, wie das gejagte Tiere ab und zu tun. Mir konnte es egal sein. Der Typ mit dem Rattenschwanz war weg. Verjagt von Profs idiotischem Gebrüll.

Ich kam ungefähr da, wo wir unsere Räder versteckt hatten, wieder auf den Weg und lief schnell zu den anderen zurück. Sie hatten Fernglas und Thermoskanne schon eingepackt und traten vor Aufregung von einem Fuß auf den anderen.

»Endlich!«, sagte Gerd. »Wir wollten mal unten nach dem Rechten sehen, wenn du nichts dagegen hast.«

»Was zum Henker hattest du da oben zu suchen?« Der Prof war über dem Hemdkragen immer noch ganz rot. »Du hättest dich doch glatt umbringen können!«

Ich sagte nichts. Hätte ihm natürlich verklickern können, dass es bloß einen einzigen gefährlichen Moment gegeben hatte, nämlich als er mich fast zu Tode erschreckt hatte.

Hätte ihnen was von einem gewissen Typen erzählen können, der da oben gesessen und auch uns beobachtet hatte, aber jetzt war meine Laune unter null gesunken und ich hatte keine Lust, mit den beiden zu reden. Dass Gerd die Klappe so weit aufriss, war so ungefähr der Tropfen, der das Fass zum Überlaufen brachte. Sie standen da und sahen mich einige Sekunden lang anklagend und verständnislos an, dann zuckte Gerd mit den Schultern und lief bergab.

Als wir das Fabriktor erreichten, fanden wir uns in der Gesellschaft vieler anderer Schaulustiger. In einiger Entfernung lagen zwei Höfe und einige neu gebaute Einfamilienhäuser, und die Menschen, die dort wohnten, schliefen offenbar nicht einmal am Feiertag bis zwölf. Außerdem schienen etliche von ihnen Telefon zu haben und es eifrig zu benutzen, um Freunden und Bekannten in der Umgebung zu erzählen, was bei Inchem so alles los war. Der Verkehr auf der Straße von Steinsund nahm zu und dabei war es noch nicht mal sieben. Die Polizei versuchte eine Art Kontrolle über den Zutritt zum Fabrikgelände zu behalten, aber diese Kontrolle war ziemlich halbherzig, wie es aussah. Ich hatte Geschrei und Gebrüll und Handgemenge erwartet, genau wie vorgestern auf dem Marktplatz, aber alles blieb ziemlich ruhig. Die Leute standen in Grüppchen herum und unterhielten sich. Die Journalisten waren mit Aby fertig und er rauchte zusammen mit einigen Männern, die sicher Funktionäre von Inchem waren. Keiner schien sich besonders aufzuregen, obwohl die Aktivisten acht oder zehn Fässer ausgebuddelt hatten.

Wir nutzten die Gelegenheit, als ein neuer Journalistentrupp eintraf. Während sie dem verpennten Bullen am Tor ihre Presseausweise zeigten, schlüpften wir hinter seinem Rücken aufs Gelände. Es war nicht sonderlich dramatisch. Um das Loch, das jetzt ziemlich groß zu werden begann, standen viele Leute, die hier auch nicht mehr zu suchen hatten als wir. Wahrscheinlich Nachbarn. Ein älterer Bursche in Sonntagsanzug und Gummistiefeln sog an seiner

Pfeife und nickte den Aktivisten anerkennend zu. Gab immer wieder gute Ratschläge, wie sie Ketten und Tauwerk befestigen sollten, damit die Fässer hochgezogen werden konnten ohne in Stücke zu gehen. Einige Fässer waren in bedenklichem Zustand. In dicken Flocken fiel der Rost herunter und aus einem lief eine zähe, blauschwarze Soße. Die Frau, die wir schon auf dem Marktplatz gesehen hatten, nahm Proben von der Schweinerei. Als sie eine ganze Blechdose gefüllt hatte, richtete sie sich auf und entdeckte uns.

»He, Gerd! Was sagst du zu dem Schatz?«

Gerd strahlte. »Toll. Schrecklich, meine ich. Was sagt Aby denn jetzt?«

Die Frau, die Kari oder so hieß, glaube ich, warf ihre langen Haare in den Nacken und schnitt eine Grimasse. »Dass es sich nur um zehn bis fünfzehn Fässer handelt und dass die ganz normale Ölreste enthalten.«

»Das sieht auch aus wie Öl«, meinte der Prof und kratzte sich am Kopf.

»Mott enthält Öl. Unter anderem. Unter sehr viel anderem.«

»Wann können unsere Chemiker etwas sagen?«, fragte Gerd.

»Bald.« Kari sah auf die Uhr. »In einer Stunde halten wir eine Pressekonferenz ab und sie haben versprochen, bis dahin eine vorläufige Analyse vorlegen zu können.« Sie stellte die Dose mit dem zähflüssigen Inhalt neben das Loch. »Aber jeder Trottel kann doch sehen, dass das hier eine Schweinerei ist. Und mit diesem Gefasel von zehn oder fünfzehn Fässern kommt Aby nicht weit.« Sie zeigte auf einige lange dünne Stahlstangen, die nicht weit entfernt in der Erde steckten. »Von hier bis zum Lagergebäude sind wir überall auf Metall gestoßen. Und fast den ganzen Weg bis zum Strand. Jonny und Tom graben da hinten ein neues Loch«, fuhr sie fort und zeigte hinüber. »Damit wir ihn beim Lügen erwischen können, wo wir nun schon mal hier sind.«

Dreißig Meter entfernt, direkt bei der Lagerwand, konnten wir zwei gebückte blaue Rücken sehen. Zwei Männer, die wie besessen gruben. Gerd und der Prof redeten weiter eifrig mit Kari, und da ich immer noch ein bisschen sauer war, schlenderte ich zu den beiden einsamen Gräbern hinüber. Sie waren in einem markierten Feld von drei mal drei Metern einen halben Meter tief gekommen. Vorläufig war nur heller Sandboden zu sehen.

»Nun häng hier nicht so rum«, rief der eine munter.

»Schau her!«

Ein Spaten kam durch die Luft gesegelt und landete genau vor meinen Zehenspitzen. Ein bisschen graben machte mir nichts aus. Ich kam mir langsam ein bisschen blöd vor, weil ich so übellaunig war. Hatte gehört, dass körperliche Arbeit ein Ventil für Aggressionen und so was sein kann. Ich sprang in das grüne Loch und steckte den Spaten in den Boden.

»Wie heißt du denn?«

»Peter. Komm aus Oslo.«

Die beiden hörten auf zu graben. Starrten mich an.

»Osloer Natur & Jugend?«, fragte der eine.

»Oder bist du einer von den Superknaben in Bellona?«, lachte der andere. »Vielleicht noch ein bisschen jung.«

Ich war froh, dass ich einfach den Kopf schütteln und sagen konnte, dass ich nirgendwo Mitglied war. Mir war ja klar, dass es hier auch ein bisschen ums Prestige ging. Dass das hier *ihr* Ding war.

Ich stieß den Spaten mit frischer Kraft in die Erde und

glaubte einen Moment, dass mir gleich die Hände abfallen würden. Metall schlug gegen Metall.

»Das erste«, sagte einer der Jungen, kniete sich hin und fing an mit der Hand zu graben. »Vorsichtig, kein Loch reinschlagen.«

Diese Sorge hätte er sich sparen können. Denn in das Fass, auf das ich gestoßen war, hatte schon jemand ein Loch gemacht. Oder, genauer gesagt: Irgendwer hatte es platt gepresst. Mit einer Dampfwalze oder etwas Ähnlichem. Falls in dem Fass irgendeine Schweinerei war, dann würde sie in einem Teelöffel Platz finden.

»Weiter!«, keuchte der andere. »Das Fass können wir vergessen.«

Und wir gruben weiter. In einer Dreiviertelstunde legten wir in unserem kleinen Loch zwölf Fässer frei. Alle so platt wie die Flundern. Und nicht ihre Zeit in der Erde hatte diese Fässer zu einer Art Wellblechplatten gemacht – sie waren von irgendeiner Maschine platt geschlagen worden. Und es hatte keinen Zweck, dass einer der Jungen fieberhaft von dem Gift redete, das sich in diesen Fässern befunden hatte, und dass sie erst nach dem Eingraben von oben her durch Druck so platt gemacht worden waren. Platt gewalzt, weil auf der Oberfläche Dampfwalzen und schwere Fahrzeuge verwendet worden waren.

Die Erde, in der wir gruben, war überall hell und sauber. Kein einziger Ölfleck. Ich hatte das widerliche Gefühl, dass hier etwas überhaupt nicht stimmen konnte und dass ich mitten in diesem Etwas stand.

»Nun macht doch mal eine Atempause, Jungs!«, sagte eine Stimme über mir. »Gleich kommt Jonas und hilft euch mit dem Bulldozer. Dann könnt ihr endlich mit eigenen Augen sehen, dass hier auf dem Gelände nichts zu holen ist.«

Aby stand mit zwei anderen Burschen da und blickte auf uns herunter. Sie tranken glühend heißen Kaffee aus Pappbechern und sie lächelten uns durch den Dampf hindurch zu.

Weit entfernt von uns wurde eine schwere Dieselmaschine angelassen.

Die Niederlage

Die Pressekonferenz sollte vor dem Wohnwagen statt-
finden. Gleich von Anfang an hatten sich die meisten
Natur & Jugend-Leute im Wagen verschanzt um ihre Rede
vorzubereiten. Draußen standen der Prof und Gerd und ich
zusammen mit Journalisten und Nachbarn und anderen
Neugierigen. Hinter uns, auf dem Industriegebiet, waren
etliche volle Fässer um das gegrabene Loch herum aufge-
stellt. Auf der anderen Seite hatte Jonas mit dem Bulldozer
eine über fünfzig Meter lange Rinne aufgepflügt. Überall
ragten leere Fässer aus dem Boden. Leere, platt gedrückte
Fässer ohne auch nur einen Tropfen von irgendetwas Gifti-
gem. Die Stimmung unter uns Wartenden war, gelinde gesagt, seltsam. Auf den Kopf gestellt sozusagen. Alle, die mit
einem heimlichen Lächeln herumgelaufen waren, als sie von
der Aktion erfahren hatten, waren jetzt ernst. Ihr Lächeln
hatten die übernommen, die vor kurzer Zeit noch geflucht
und herumgeschrien hatten. Nur die Bullen wirkten unbe-
rührt. Sie waren hier, um die Gemüter zu beruhigen, die
sich nun schon ganz von selber beruhigt hatten.

Alles war in den Teich gegangen, das war mir sofort klar,
als die Wohnwagentür geöffnet wurde und zwei Fredis auf
den Rasen herabstiegen. Ich konnte nicht glauben, dass ihre
Gesichter so graublass waren, weil sie ihre Nasen zu tief in
die Proben gesteckt hatten. Sie standen zwei Sekunden ge-
quält da, während sie lange Blicke zu Inchem hinüberwar-
fen, als hofften sie, dort drüben würde irgendetwas aus dem
Boden wachsen, etwas, das sie aus dieser schrecklichen
Klemme retten könnte. Und dann kamen genau die Worte,

vor denen ich mich die ganze Zeit so verdammt gefürchtet hatte.

»Ja. Hm. Soviel ich sehen kann, handelt es sich in diesem Fall nicht um den so genannten Mott. Es sieht eher so aus, als hätten wir es mit … normalem Maschinenöl zu tun. Wir können auf jeden Fall in den hier entnommenen Proben keines der Gifte nachweisen, um die es jetzt geht.«

Weit hinten, hinter dem steigenden Stimmgewirr um mich herum, hörte ich Abys wieherndes Lachen.

Langsam fuhren wir nach Steinsund zurück. Es war fast halb elf und der Tag würde schön und heiß werden. Strahlender Sonnenschein über Felsen und Schären, über einem vergifteten Fjord, der schöner aussah denn je. Blank und blau. Kleine Wellen spülten nur wenige Meter links von uns über die Ufersteine.

Niemand von uns sagte etwas, bis der Prof in einem aufgesetzt munteren Tonfall zu einer Cola und einem kleinen Mund voll in der Konditorei Halvorsen einlud – falls jemand von uns mitkommen wollte.

Das wollten wir.

Halvorsen war nur halb voll und wir fanden einen Fensterplatz mit Aussicht auf den Marktplatz. Der Prof riss sich die Jacke vom Leib und ging an den Tresen um einen Hunderter kleinzukriegen. Ich saß allein mit Gerd und wünschte, ihr etwas Ermutigendes sagen zu können, etwas, das sie froh machen oder wenigstens ihren alten Trotz zum Leben erwecken könnte. Denn jetzt sah sie einfach völlig erledigt aus. Zusammen mit den anderen Leuten aus Steinsunds N & J hatte sie ein Heimspiel verloren, und zwar mit Pauken und Trompeten.

»Ich kapier es nicht«, sagte sie mit heiserer Stimme,

während sie den Aschenbecher zwischen uns hin und her schob. »Ich kann es einfach nicht kapieren!«

»Ich kapier das ja auch nicht«, tröstete ich. Schöner Trost!

Der Prof kam zurück und balancierte ein Tablett mit Flaschen und Gläsern und Tellern mit Kopenhagenern und Kringeln. »Ist hier eine Beerdigung oder was? Nun macht doch schon Platz!«

Er konnte das Tablett auf dem Tischrand unterbringen und wir fingen sofort an alles zu verteilen. Gerd lächelte ihn vorsichtig an und ich merkte, dass der Prof das merkte.

»Hast du geerbt?« Sie goss sich Cola in ihr Glas.

»Mein Alter ist reich. Nicht wahr, Peter? Mein Alter ist reich.«

Ich nickte. Hatte keinen Schimmer, was der Vater vom Prof im Monat so ausgeben konnte. Sicher keine Unsummen, wo er doch in Rente gegangen war. Was der Prof nicht erwähnte, war, dass sein Vater in Ordnung war.

Wieder gab es eine Zeit lang einfach nichts zu sagen. Und wieder war es der Prof, der diese bedrückende Stimmung einfach nicht länger ertragen konnte.

»Also«, sagte er und räusperte sich. »Eins zu null für Aby & Co. So liegt der Fall doch nach der ersten Runde?«

»Erste Runde«, schnaubte ich. »Der Kampf ist vorbei.«

»Nun gut. Peter Pettersen meint, dass der Kampf um den Mott vorbei ist. Und du, Gerd? Möchtest du jetzt auch am liebsten die Hände in den Schoß legen?«

»Ich weiß nicht. Ich weiß es ganz einfach nicht. Aber wenn in den Fässern nur irgendein Öldreck ist, dann …«

Ich unterbrach sie, hatte den kessen Ton des Profs langsam satt. »Ich hab doch nicht gesagt, dass der Kampf um den *Mott* vorbei ist, Prof.«

Er glotzte mich mit großen Augen an. Den Mund voll

von gelber Kopenhagenercreme. Schluckte. »Meine Güte, du bist ja vielleicht hitzig.«

»Ja, bin ich auch. Erst erschreckst du mich zu Tode und ich wäre fast kopfüber diese verdammte Felswand da oben runtergepurzelt. Und dann redest du solchen Quatsch, dass ich aufgebe und so!«

»Ihr beide habt doch im Grunde noch gar nicht so schrecklich viel unternommen?«, fragte Gerd spitz.

»Da hast du allerdings Recht«, murmelte der Prof. Er warf mir einen raschen Blick zu und stellte vermutlich fest, dass ich trotz allem nicht sauer auf ihn war. Denn diesen Blick kannte ich. Der Prof hatte irgendeine Idee und daran wollte ich teilhaben. Gerds letzter Satz war für uns ein solider Tritt in den Hintern gewesen.

Der Prof räusperte sich und schob Teller und Gläser beiseite. »Zusammenfassung«, sagte er. »Was wissen wir?«

»Dass der Fjord voll Gift ist«, sagte Gerd verzweifelt.

»Und dass das Gift nicht aus Abys Fabrik kommt«, fügte ich frech hinzu. »Das wollte ich vorhin sagen!« Die anderen sahen mich an wie einen Idioten und ich sprach schnell weiter um nicht unterbrochen zu werden. »Lasst uns jedenfalls annehmen, dass das Gift nicht von Inchem kommt. Wir dürfen uns nicht so sehr in den verdammten Hitzkopf Aby verbeißen, dass wir sonst gar nichts mehr sehen können! Das kann doch der Fehler von Natur & Jugend hier in der Stadt gewesen sein!«

Jetzt hatte ich wirklich eine solide kalte Dusche von Gerd herausgefordert. Das war mir klar. Aber sie reagierte ganz anders, als ich gedacht hatte. Denn nun nickte sie nachdenklich und ihre Augen wurden schmal. »Mmm. Vielleicht hast du Recht. Auch wenn ich dir keinen Sündenbock anbieten kann.«

»Keine andere Industrie in der Nähe, die vielleicht denselben Mist herstellt?« Der Prof musterte sie forschend.

»Es gibt mehrere Fabriken mit denselben Abfallstoffen wie Inchems Mott. Die nächstgelegene ist die Chemische Industrie Hök. Die CIH stellt auch Mott her, der Quecksilber und Dioxin enthält. Das Problem ist bloß, dass weder die CIH noch andere Industriebetriebe hier am Fjord liegen. Es gibt hier nur einen verdammten Betrieb und der heißt Inchem. Und ich glaube trotz allem nicht, dass die Leute von der CIH ihren Abfall hier zum Fjord karren und hineinschmeißen! Das nimmt auch niemand von Inchem an, aber viele glauben, dass es irgendwo ein geheimes Mottlager gibt, das langsam, aber sicher in den Fjord sickert.«

»Erzähl ein bisschen über die CIH«, bat ich.

»Reg dich ab, das ist wirklich eine Blindspur. Die CIH liefert ihren Abfall an dieselbe Fabrik in Deutschland wie die Inchem. Die CIH hat sogar schon irgendwann in den fünfziger Jahren damit angefangen. Die verschiedenen Chemieprodukte, die sie herstellen, gehen nämlich an dieselbe Adresse, das macht das alles einfach. Inchem hat sich später daran angehängt.«

»Und was wissen wir über diese Lieferung?«, fragte ich spöttisch. »Darüber, ob der Dreck wirklich weitergereicht wird, meine ich.«

»Die Papiere sind in Ordnung«, sagte Gerd. »Bei Inchem und bei der CIH. Und dann wissen wir, dass das Meer bei der CIH so sauber ist, wie ein Stück Meer es heutzutage überhaupt noch sein kann. Wir haben da natürlich auch gleich Proben genommen, gleichzeitig mit den letzten Proben hier aus dem Fjord. Glatter Freispruch für die CIH – und damit linken sie uns nicht. Nicht einmal im Abwasser, das direkt aus der Fabrik kommt, lässt sich eine Spur von

Gift finden. Sie haben auch viel modernere Apparate als Inchem. Und es ist eine ganz andere Produktionstechnik.«

Reingefallen, dachte ich. Noch ein Musterbetrieb.

Der Prof fragte: »Wie weit weg liegt die CIH?«

»Auf Söholm. Dreißig, vierzig Kilometer westlich. Aber das kannst du vergessen, Prof! Die Lachsfarm, wo Reino und Lise arbeiten, liegt genau vor der Fabrik. Du kannst nicht einmal einen Stein ins Meer werfen, ohne dass das sofort entdeckt wird.«

Der Prof stöhnte und ließ sich im Stuhl zurücksinken. »Gibt's in der Gegend noch mehr Superbetriebe?«

»Keine, soviel ich weiß. Bitte, hört mir doch zu, Leute! Diese Fabriken sind wirklich total super. Deshalb muss die steigende Giftkonzentration hier im Fjord aus einem alten Lager stammen.«

Wir schwiegen eine Weile. Dann sagte ich: »Wir wissen nur eine Tatsache, die eine gewisse Bedeutung für uns haben kann.«

»Was denn?«, fragte der Prof.

»Dass du und ich morgen nach Oslo zurückmüssen.«

Der Prof wandte sich mit einem Schnauben zum Fenster. »Seit ich sieben war, habe ich nie mehr ein Kreuzworträtsel ungelöst weggelegt«, sagte er leise. »Und ich gebe nie auf, ehe alle Rechenaufgaben gelöst sind, wenn wir Hausaufgaben machen.«

Gerd und ich sahen uns an. Wir konnten nicht so recht begreifen, was Kreuzworträtsel und Rechenaufgaben mit dem Gift im Steinsundfjord zu tun haben könnten.

Aber wir fragten nicht.

Denn jetzt war ganz klar, dass der Prof endgültig seinen Computer eingeschaltet hatte.

Tausend lustige Lachse

Wir kamen gerade zur rechten Zeit zurück auf den Hof. Ausnahmsweise waren die Erwachsenen auf eine vernünftige Idee gekommen, jedenfalls waren wir dieser Ansicht. Sie hatten gerade gefrühstückt und nun machten sie sich bereit für einen Ausflug zur Fischfarm auf Söholm. Reino und Lise waren mit ihren Mopeds schon vorgefahren und Mutter und Vater standen startbereit mit Daniel neben dem Transit.

Der Prof und Gerd und ich überhörten alle Fragen und stiegen hinten ein.

Söholm war »eine Perle«, wie Mutter sich ausdrückte. Die Perle sah ungefähr so aus: rund geschliffene Felsen, die wie riesige Walbuckel aus dem sonnenglänzenden Meer ragten. In der Senke dazwischen gab es kleine Kieselstrände und Wäldchen und schief gewehte Kiefern und andere Nadelbäume. Doch, es war schön. Der einzige Schönheitsfleck dieser Perle war die CIH, deren Dach wir im Nordwesten erkennen konnten. Daniel hatte seinen Wagen auf einer kleinen Brücke abgestellt, wo einige Boote vertäut lagen. Tau- und Holzwerk knirschte, es roch nach Salz und Tang. Weiter draußen schrien einige Seevögel hektisch. Auf der Brücke gab es einen rot angestrichenen Kiosk und eine Benzinpumpe. Außer uns war jedoch kein Mensch zu sehen. Die Mopeds von Reino und Lise lehnten ordentlich in einiger Entfernung an einer Laterne. Eine schmale Straße führte von der Brücke zu niedrigen Hügelkuppen und dem Wald.

»Sie sind oben und holen die Schlüssel«, sagte Daniel.

»Wenn wir rechtzeitig gekommen sind, können wir zusehen, wie sie gefüttert werden.«

Wir setzten uns an den Rand der Brücke und warteten. Das Wasser unter uns war klar wie schwach grünlicher Kristall. Ein paar Klippenbarsche schnüffelten im Tangwald herum. Ein einsamer Krebs amüsierte sich mit Rückschwimmen.

»Wo liegt denn die Farm?«, wollte der Prof wissen.

»Auf der anderen Seite dieser Hügel«, antwortete Daniel und zeigte über das Meer. »Da gibt's eine schöne geschützte Bucht. Und genug Sauerstoff im Wasser.«

»Was für Fische züchten die?«, fragte ich.

»Lachs. Nur Lachs.«

Nun hörten wir hinter uns Stimmen und bald darauf erschienen Lise und Reino zusammen mit einem älteren Mann mit grauem Bart. Der Alte schob einen Schubkarren mit irgendeinem grauroten Matsch, den ich für das Mittagessen der hungrigen Lachse hielt. Wir auf der Brücke wurden diesem Burschen vorgestellt, er hieß Ebersen und war ein Seemann ohne Heuer, wie er sagte. Nachdem er das gesagt und alle schüttelbaren Hände geschüttelt hatte, zog er eine stinkige Stummelpfeife hervor und rauchte sie kalt, dann führte er uns zu einem Weg, der in die Richtung ging, die Daniel uns gezeigt hatte.

Ich war ein bisschen enttäuscht, als ich die »Farm« sah, denn ehrlich gesagt gab es da nicht viel zu sehen. Auf der anderen Seite der Hügel lag eine Bucht und im Wasser schwammen sechs lange Pontons. Die Umgebung dieser Pontons war eingezäunt. Und im Wasser, bei jedem Ponton, schien irgendwer Netze ausgespannt zu haben. Schwimmbecken, von denen jedes Hunderte von Lachsen enthielt, die in der Tiefe herumschwammen und nichts anderes im Kopf hatten als: fressen, fressen, fressen. Sie konnten nicht aus der Bucht herauskommen, aber Ebersen meinte, sie hätten es hier besser als im Aquarium, ja, sogar besser als in der Natur. Denn hier, in Ebersens Gasthaus, wurde jeden Tag zu festen Zeiten das Essen serviert.

Wir waren ihm zu einem Ponton gefolgt. Und als ob er diese Sache mit dem Essen zu festen Zeiten noch betonen wollte, warf er einen Blick auf die Uhr und leerte gleichzeitig mit geübter Handbewegung einen Schöpflöffel im blanken Wasser aus. Die Krabben, oder was immer das auch sein mochte, hatten die Wasseroberfläche kaum berührt, als das ganze Gehege von silberglänzenden Körpern nur so zu kochen schien. Und die waren vielleicht groß!

»Himmel!«, sagte ich. »Das müssen Tausende sein. Und die sind ja so groß wie Seehunde!«

»Ein paar Hundert«, meinte Ebersen. »Und *so* groß sind sie nun auch wieder nicht. So an die vier Kilo. Bald werden diese hier geschlachtet. Wir haben alle Größen.«

Wir starrten in das grüne Wasser. Vor kurzer Zeit erst war da unten nichts zu sehen gewesen, aber nun hatten sich alle Fische an die Wasseroberfläche begeben, angezogen von dem Futter, das langsam nach unten sank. Spielend leicht schwebten da unten lange dunkle Rücken. Plötzlich leuchtete ein weißer Bauch auf, wenn sie eine rasche Drehung machten, um das Futter aufzuschnappen.

»Besseres Wasser als im Steinsundfjord?«, fragte der Prof und lächelte. Er hockte sich hin und ließ das Salzwasser durch seine Finger gleiten.

Ebersen lachte. »Mach keine Witze, Junge. Das Wasser ist genauso sauber, wie es aussieht. Sonst könnte ich nicht einmal einen Fischkopf verkaufen.«

Ein dunkler Schatten kam aus der Tiefe hochgeschossen

und hielt wie ein Torpedo auf die Finger des Profs zu. Er entdeckte es gerade noch, ehe der Fisch zuschlug, und fiel rückwärts mit einem verwirrten Jaulen auf die Brücke.

Ebersen lachte. »Das ist nicht gefährlich. Der wollte bloß feststellen, ob du essbar bist.«

»Und bin ich das?«, fragte der Prof mit einem etwas wackeligen Lächeln.

»Nicht, solange du noch lebst, jedenfalls«, antwortete Ebersen.

Und dabei hatte ich mich auf einen saftigen Lachs mit Gurkensalat und neuen Kartoffeln gefreut!

Nach dieser Vorführung, wie hungrig und neugierig ein Lachs sein kann, zogen die Erwachsenen sich zum Hof von Ebersen und seiner Frau zurück. Kaffee und Kuchen und selbst gebrannter Schnaps, wenn ich das richtig verstanden hatte. Sie wollten auch Gerd, den Prof und mich mitschleifen, aber wir lehnten glatt ab, obwohl der alte Ebersen mit Limonade und allem möglichen anderen lockte. Um den Alten nicht unnötig zu kränken, brachte Gerd ein paar Floskeln über das Wetter zu Stande und darüber, wie selten solche Abgasratten wie der Prof und ich Luft in die Lungen bekamen. Das saß und die ganze Bande fing augenblicklich an, von den alten Tagen zu faseln, davon, wie schön alles damals gewesen war, ehe die Autos alles Mögliche kaputtgemacht hatten. Als ob meine Eltern sich daran noch erinnern könnten!

CIH war viel größer als Inchem. Das Dach, das ich von der Brücke aus gesehen hatte, war nur ein kleiner Teil der gesamten Anlage. Die Fabrikhallen überschnitten sich teilweise und schienen ohne übermäßige Planung und zu verschiedenen Zeiten errichtet worden zu sein. Einzelne Teile sahen uralt aus, andere dagegen nagelneu. Die Lagerhalle, die dreimal so groß war wie die von Inchem, war von der neuen, hässlichen Sorte; total viereckig, mit Wänden aus öden glatten Platten. Die Fabrik lag fast ganz unten am Strand. Es war hier sicher ziemlich idyllisch gewesen, ehe jemand auf die Idee verfallen war die Idylle zu zerstören und damit Kohle zu verdienen. Anders als Inchem schien diese Fabrik voll in Betrieb zu sein, Feiertag oder nicht. Mehrere Schornsteine rauchten, unten am Lager räumte ein Gabelstapler auf.

Der Prof sagte: »Hier ist ja Hochbetrieb!«

»Hier drehen sich die Räder ununterbrochen«, erklärte Gerd. »Heute ist nicht gerade der Teufel los, aber die Schicht wird wie üblich gefahren.«

»Aha«, sagte ich. »Und das bedeutet, dass die Arbeiter arbeiten und die Funktionäre frei haben?«

»Einige von den Funktionären und Büroleuten haben frei«, antwortete sie. »Aber irgendwer muss immer hier sein. Auch am Wochenende. Es dauert wohl schrecklich lang, bis die Maschinen alle angeworfen sind, wenn sie erst einmal stillgestanden haben. Wird zu teuer, die ganze Kiste an Feiertagen stillzulegen.«

Ich blickte wieder zum zerstörten Strand hinüber. Sandstrand. Draußen schien das Wasser seicht zu sein. Und da unten gab es keine Pontons.

»Und die Beseitigung«, sagte ich. »Von Waren und Abfall. Kommen die Deutschen her und holen es mit Schiffen ab?«

»Eyhavn«, antwortete Gerd. »Ein paar Kilometer die Küste hoch. Vorher ist es nirgendwo tief genug für einen Hafen.«

Wir schlenderten an den Lagergebäuden entlang auf den Strand zu. Hier war das Gelände nicht umzäunt.

»Weiter oben an der Hauptstraße gibt es einen Zaun«, sagte Gerd, als ich das erwähnte. »Aber der soll wohl vor allem verhindern, dass die Touristen hier unten einen Badestrand wittern. Da oben gibt's auch Schilder und so was.«

»Die scheinen jedenfalls keine Angst davor zu haben, dass hier irgendwer rumschnüffelt«, meinte der Prof.

»Haben sie auch nicht«, sagte Gerd.

»Keine Aby-artigen Chefs, die hier herumschleichen?«, fragte ich.

»Bei der CIH ist alles anders als bei Inchem«, erklärte sie. »CIH gehört zu einem multinationalen Konzern. Hier draußen gibt es viele Chefs und keiner von denen ist bisher wie Aby herumgeturnt und hat sich blamiert. Dieser Fredi, der für den Umweltschutz hier bei der Fabrik zuständig ist, hat uns sogar schon mehrmals eingeladen.«

»Kennst du den?«, fragte der Prof.

»Nein. Aber er hat an ein paar Podiumsdiskussionen teilgenommen, die wir letzten Winter in der Stadt organisiert haben. Natürlich löhnt die CIH ihn, aber er wirkt nicht ganz bescheuert. Und seit er angestellt worden ist, hat die Fabrik tatsächlich mehr Geld für Reinigungsanlagen springen lassen als früher.«

»Obwohl so gut wie kein Mott ausgestoßen wird«, sagte ich.

»Es gibt schließlich auch noch andere Sorten von Abfall, weißt du, Pettersen! Andere Gifte.«

Ich wurde rot.

»Klingt nett«, sagte der Prof.

Nicht für Leute, die dieses Rätsel lösen wollen, dachte ich.

Ein simpler Trick

Wir saßen im Turmzimmer und aßen Brote mit Himbeermarmelade und tranken Tee. Eifrig über die Karte gebeugt, die Gerd gezeichnet hatte. Der Prof hatte schon eine große Himbeerbombe über dem Zentrum von Steinsund abgeworfen.

»Das Allernatürlichste«, sagte ich und zeigte auf die Karte, »ist doch, dass das Gift vom Fluss Sönna in den Fjord gebracht wird.«

»Stell dir vor, auf den Gedanken sind wir auch schon gekommen«, sagte Gerd so spitz, dass es meinen Nerven wehtat. »Das einzige Problem mit dieser Theorie ist, dass sie nicht stimmt. Tut mir Leid, Peter, aber die Sönna ist blütenrein.«

»Wie schön«, murmelte ich.

»Nun regt euch nicht auf«, sagte der Prof mit vollem Mund. »Wir sollten alle drei versuchen einen klaren Kopf zu bewahren. Das scheint nötig zu sein. Gibt's hier im Haus eine Seekarte?«

»Nicht, dass ich wüsste«, sagte Gerd. »Ist meine Karte nicht gut genug?«

»Was willst du mit einer Seekarte?«, fragte ich.

»Mit der Seekarte?«, wiederholte der Prof. »Also, die Karte hier ist schon gut genug, aber ich wüsste gern etwas über die Tiefenverhältnisse an verschiedenen Orten.

»Das ist kein Problem«, antwortete Gerd. »Die hab ich so einigermaßen im Kopf.«

»Schön. Dann erzähl uns zuerst, wie der Fjord unter Wasser aussieht.«

Gerd legte ihr Brot beiseite und zeigte mit dem Zeigefingernagel. »Der Fjord ist an sich sehr tief. An der tiefsten Stelle an die siebzig Faden. Ein echtes Loch. An der Sönnamündung ist er natürlich viel seichter. Wegen Sand und Kies und allem, was der Fluss im Laufe der Jahrhunderte angeschwemmt hat.«

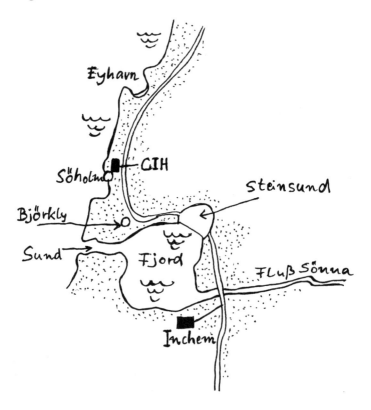

»Ja, natürlich. Und die Fjordmündung?«

»Die ist auch ziemlich seicht. Du siehst ja, dass der Sund eng ist, fast eine Spalte im Berg. Unter der Wasseroberfläche gibt es eine Schwelle.«

»Mit anderen Worten, der Fjord ist der reine Kessel?«, fragte ich.

»Das ist, glaub ich, sogar der Fachausdruck für diese Art Fjord«, antwortete Gerd. »Kesselfjord. Besonders anfällig für Verschmutzung, weil es im Wasser so wenig Sauerstoffzirkulation gibt.«

Der Prof nickte. »Und wie steht es mit den Tiefenverhältnissen draußen im Meer?«

»Ungefähr so wie an der tiefsten Stelle im Fjord. Du musst weit aufs Meer hinausfahren, ehe es wirklich tief wird.«

»Strömungsverhältnisse?«

»Eine ziemlich starke Strömung vom Nordwesten kommt hier vorbei.«

»Sind auch Proben aus dem Meeresgebiet vor der Fjordmündung genommen worden?«, fragte ich. »Ich meine, abgesehen von denen direkt vor der CIH?«

»Sicher. Das Meer vor der CIH ist sozusagen blütenrein, an anderen Stellen dagegen haben wir viel höhere Konzentrationen gefunden. Trotzdem liegen die Werte so niedrig, dass zumindest die Umweltbehörden sie als reine Bagatelle betrachten. Etwas geht ja auch in die Luft, bei Inchem und bei der CIH. Was wir im Meer gefunden haben, ist sicher aus der Luft gekommen. Es liegt aber alles weit unter der Geschwindigkeitsbegrenzung.«

»Mir geht bloß so eine vage Idee durch den Kopf«, sagte ich. »Aber trotzdem. Könnt ihr feststellen, welche Routine die beiden Betriebe bei den Lieferungen nach Deutschland haben?«

»Vielleicht. Ich werd mal im Büro fragen. Aber die Leute da werden sich sicher den Kopf darüber zerbrechen, wozu ich diese Informationen will.«

»Wart noch ein bisschen«, sagte der Prof. »Sei vorsichtig. Ich weiß nicht, was Peter ausheckt, und vielleicht weiß er das ja selber auch noch nicht, deshalb schlage ich vor, du besorgst bloß alles, was du kriegen kannst, ohne dass jemand davon erfährt. Frag niemanden, sack einfach ein, was du unter den Pullover stecken kannst, oder so.«

»Warum denn?«, fragte ich.

»Weil wir noch nicht einmal eine Theorie von diesen Zusammenhängen haben. Wir können nichts zurückgeben. Und Natur & Jugend von Steinsund hat sicher für die nächste Zeit genug von Träumen und Wunschdenken.« Er wandte sich Gerd zu. »Kannst du morgen mal im Büro vorbeischauen?«

»Sicher. Aber müsst ihr nicht … kommt ihr denn am Wochenende wieder, oder was?« Sie sagte »ihr«, aber dabei sah sie nur den Prof an.

Der Prof lachte. »Ich hoffe, deine Mutter und die anderen können einen Scherz vertragen. Für einen guten Zweck.«

Wir hatten nicht einmal einen Versuch gemacht, uns schulfrei für die drei Schultage zu erbitten, die zwischen Dienstag und Samstag lagen. Der Prof und ich hatten das diskutiert, die Idee jedoch sofort wieder fallen lassen. Meinen Vater hätten wir vielleicht auf unsere Seite bringen können, aber wir wussten, dass Mutter sich quer gestellt hätte. Deshalb konnten wir bloß die Klappe halten und hinterherlatschen, als Asa sich bereitmachte, um uns nach Kristiansand zu fahren, wo sie einiges zu erledigen hatte. Und als der Wagen anfuhr, saßen wir beide hintendrin und schaukelten hin und her und keiner von uns sagte etwas. Wir hatten den Kopf voller Gedanken und Fragen und all diese Fragen hatten wir einander schon mindestens hundertmal gestellt.

Wir erreichten den Bahnhof, als der Zug schon abfahr-
bereit dastand. Im Abteil war Mutter mit My beschäftigt
und Vater öffnete das Fenster zu einem letzten Schwätz-
chen, als der Zug begann ruhig aus dem Bahnhof zu fahren.

Der erste Ruck war das Signal, auf das der Prof und ich
gewartet hatten.

Wir rannten, so schnell wir konnten, durch den Wagen,
konnten die Ausgangstür aufreißen und gerade noch hinaus-
springen, ehe der Lokführer richtig Gas gab.

Der Prof warf krachend hinter uns die Tür ins Schloss.
Hinterkopf und Rücken von Vater kamen auf uns zu, er
winkte Asa wie besessen und sah gar nicht erst in unsere
Richtung.

Ich werde nie sein Gesicht in dem Moment vergessen,
als er vorüberfegte und uns entdeckte! »Peter! Prof! ... Was
zum Henker!«

Dann erschien auch Mutters Gesicht. Vater sah nur verwirrt aus, während Mutter mit sehr viel Wut aufwarten
konnte, das war deutlich. Sie umklammerte den Fensterrahmen, bis ihre Fingerknöchel weiß wurden, und durch-
bohrte uns mit ihrem Blick. Mein Bauch verkrampfte sich
vor schlechtem Gewissen, weil wir zu diesem miesen Trick
gegriffen hatten, aber zum Teufel, wir fanden es wichtiger
herauszufinden, was hinter diesem Giftmysterium steckte,
als drei sinnlose Tage hinter einem Schultisch in Oslo zu
versauern. Schließlich geht es hier doch um die Erde, sagte
ich mir. Um unsere Zukunft. Unsere, ja. Die Zukunft vom
Prof und von Gerd und von mir. Die Zukunft von My. Die
Alten hatten trotz allem sowieso nicht mehr so lange, wes-
halb sollten die also in dieser Angelegenheit das letzte Wort
haben?

Das überlegte ich mir, während Mutter mit den Fäusten

drohte und Vater verzweifelt rief: »Was sollen wir denn deinen Eltern erzählen, Prof? Was zum Teufel sollen wir deinen Leuten sagen?«

»Weiß der Geier«, murmelte der Prof und warf ein Zitronenbonbon ein.

Aby an der Strippe

Natürlich ist klar, dass uns diese Aktion keine große Beliebtheit eintrug. Asa schmollte ein bisschen und das machten auch die anderen Erwachsenen, als sie uns wieder erblickten.

Aber die Hauptsache war, dass der Prof und ich im Wesentlichen richtig kalkuliert hatten: Diese Leute hier würden nicht versuchen uns unter Zwang nach Hause zu schicken, und meine Familie würde nicht versuchen uns unter Zwang zu holen. Da waren wir uns die ganze Zeit über ganz sicher gewesen. Freiheitsliebende Leute, die die ganze Zeit herumrennen und schreien, dass sie auf die Autoritäten pfeifen, können einfach nicht hysterisch werden, wenn die nächste Generation sich ein paar Tage schulfrei bewilligt. Das würde ihren Stolz verletzen, ihr wildes und rockiges Image zerstören, das ihnen so wichtig ist.

Schlimmer war es mit den Eltern vom Prof, die nicht so scharf darauf waren, sich wie die Anarchos aufzuführen, ganz im Gegenteil, um genau zu sein. Also rief der Prof nur ganz kurz an, zählte drei wichtige Gründe auf, warum er aufgehalten worden war, und knallte den Hörer auf die Gabel, ehe seine Mutter die Gegenargumente servieren konnte.

Das war alles.

Aber nun hatten wir auch keine geringe Verantwortung. Nun mussten wir wirklich herauskriegen, was mit diesem Giftmatsch los war.

»Können wir überhaupt von irgendetwas ausgehen?«, fragte ich, als wir uns oben im Turmzimmer in Sicherheit gebracht hatten.

Der Prof saß auf der Fensterbank und betrachtete die Baumwipfel.

»Dieses Gift«, sagte er leise, als spräche er mit sich selber. »Dieses Gift ist da und es muss irgendwo herkommen.« Plötzlich schlug er sich irritiert mit der Faust vor den Kopf. »Ich weiß irgendwas, aber ich komm einfach nicht drauf. Irgendwas hab ich gehört oder gelesen, das mit dieser Sache zusammenhängt.«

»Zeitungen?«, fragte ich. »Oder vielleicht Radio? Oder hat Gerd irgendwas gesagt?«

Er schüttelte den Kopf. »Glaub ich nicht.«

Er schwieg einige Sekunden. Dann lachte er. »Aus einem unerfindlichen Grund glaub ich, es hängt mit dem alten Großhändler Evensen zusammen.«

»Meine Güte!«, sagte ich. »Das wär doch toll, wenn ein Gespenst uns helfen könnte diesen Fall aufzuklären!«

Gerd kam gegen fünf Uhr nachmittags hereingestürzt. »Ihr habt vielleicht einen Nerv!« Sie kicherte. »Einfach vor ihrer Nase aus dem Zug zu spazieren!«

»Das war unumgänglich«, sagte der Prof ernst. »Sonst hätten die sich doch zu Tode geängstigt. Hätten gedacht, wir wären runtergefallen. Da ist es doch besser, sie sind sauer und nicht in Panik.«

»Ich glaub nicht, dass sie so schrecklich sauer sind. Sie haben gerade mit meiner Mutter telefoniert. Das ist ziemlich zivilisiert abgelaufen. Ihr habt Galgenfrist bis Sonntag, dann ist Schluss.«

»Hab ich mir gedacht«, sagte der Prof. »Und das bedeutet, dass wir wenig Zeit haben. Also ans Werk. Hast du in der Stadt noch mehr Infos auftreiben können?«

Gerd nickte. »Wie gesagt, Inchem hat mit der CIH ein

Abkommen um gemeinsam den Abfall nach Deutschland zu schaffen. Die CIH hat dafür einen festen Vertrag mit dem Schiff MS *Francesca* von der Reederei Winge. Wie oft sie nach Deutschland fährt und ob sie jedes Mal Abfall mitnimmt, hab ich nicht feststellen können, aber ...«

»Zement mal!«, sagte der Prof. »Hat die *Francesca* auf diesen Touren Abfall *und* fertige Chemieprodukte an Bord?«

»Ja, natürlich. Das macht es ja so praktisch für die CIH.«

»Alles klar. Ich verstehe. Was wolltest du noch sagen?«

»Dass ich nicht genau weiß, wie oft sie rüberfährt, aber ich hab feststellen können, dass die *Francesca* am Donnerstag nach Hamburg fahren will.«

Ich stieß einen leisen Pfiff aus.

»Nun sag doch wenigstens, woran du denkst«, sagte der Prof und sah mich gereizt an.

»Mann, ist das denn so schwer? Dieser Schiffstransport ist doch das einzig Handfeste, was wir in dieser Angelegenheit haben. Die Fässer auf dem Inchemgelände waren ein Schuss in den Ofen und alles andere sind nur Proben, Proben, Proben! Zahlen auf Papier! Wenn Inchem und CIH am Donnerstag einen Kahn nach Deutschland schicken, dann müssen wir doch wenigstens herausfinden können, ob der wirklich Gift an Bord hat!«

»Peter hat Recht!«, sagte Gerd.

»Sieht so aus!«, sagte der Prof. »Und wir müssen feststellen, ob alles mitgeht. Das wird das Schwierigste.«

Gerd verschwand nach unten um Hausaufgaben zu machen. Der Prof und ich blieben im Halbdunkel sitzen. Mir juckte es in den Fingern und sonst wo, um endlich in Gang zu kommen, ich wusste bloß nicht, womit. Im Moment konnte ich sowieso nicht viel ausrichten.

Ich sagte zum Prof: »Hör mal. Wenn irgendwer Gift in

den Fjord kippt, muss er doch einen Grund dafür haben, nicht wahr? So was macht man doch nicht bloß aus Jux, mein ich. Ziemlich riskant ist es auch.«

»Ja. Es muss sich für irgendwen lohnen.«

»Noch ein Rätsel«, sagte ich und stöhnte. »Denn für Inchem und die CIH lohnt es sich doch offenbar, den Dreck an diese Fabrik in Deutschland zu schicken.«

»Wer weiß«, meinte der Prof. »Irgendwas von allem, was wir gehört haben, muss doch gelogen sein. Wenn es hier nicht irgendwo einen total verdreckten unterirdischen Betrieb gibt.«

»Jetzt werd nicht ganz James Bond, Mann! Wir wollen uns doch lieber an die Wirklichkeit halten.«

»Nur ein Scherz, Peter! Ich glaub genauso wenig an geheime Fabriken wie an das Gespenst von Großhändler Evensen.« Dann sagte er plötzlich: »Ich hab eine Idee. Zwar noch völlig ins Blaue, aber besser als nichts. Kümmern wir uns mal um diese Geschichte mit dem Verdienst.«

»Raus damit«, sagte ich aufgeregt.

»Guten Tag«, sagte der Prof und nahm die Meerschaumpfeife als Telefonhörer. »Hier spricht Hans Helmersen vom *Klassenkampf.*«

Kein Zweifel, da saß der gute alte Prof und hatte eine stinkige Pfeife im Ohr. Aber seine Stimme klang mindestens fünfzig Jahre alt. Wie aus einem alten Hörspiel.

»Unten können wir nicht telefonieren«, sagte der Prof, nun wieder mit normaler Profstimme. »Aber an der Kreuzung beim Lebensmittelladen steht ein Telefonhäuschen.«

»Alles klar. Und wen willst du anrufen?«

Der Prof blickte mich verblüfft an. »Aby natürlich. Der ist doch der Einzige, der öffentlich gesagt hat, dass er Geld verdient, wenn er den Dreck verkauft.«

»Und?«

»Ja, da kann ich ihn doch ein bisschen danach fragen, wie es mit dem Profit denn so aussieht, nicht wahr?«

»Das hat er doch schon in Radio und Zeitung erklärt«, sagte ich leicht verzweifelt. »Danach ist er doch schon hundertmal gefragt worden.«

»Es kommt doch nicht nur darauf an, wonach man fragt, sondern auch, *wie* man die Frage stellt«, sagte der Prof und zog sich die Jacke an. »Und darüber hab ich von meinem Bruderherz beim Dagbladet so einiges gelernt.«

Wir hätten uns sicher die Fahrräder leihen können, wenn wir gefragt hätten, aber wir gingen dann doch lieber zu Fuß.

Es war ein schöner, warmer Abend und wir hatten es nicht eilig. Und erst jetzt, als es um uns dämmerte und der strahlende, heiße Tag zur Vergangenheit wurde, merkte ich, wie stark es nach Sommer duftete. Jedes Mal, wenn ich Atem holte und meine Lunge füllte, schien ich ein Konzentrat aus hellem Birkenlaub, Heide, Gras und sonnenwarmer Erde einzuatmen. Gerd hatte im Grunde nicht Unrecht, als sie dem alten Ebersen ihren Spruch gebracht hatte. Stadtjungen wie der Prof und ich erlebten so was wirklich nicht oft. Natürlich gab es in der Stadt auch Frühling und Sommer, ich fand den Sommer in Oslo sogar etwas ganz Besonderes, wenn ich ehrlich sein soll. Warme Abende auf Karl Johan oder in Birkelunden. Doch, Oslo hat etwas Magisches, wenn die Stadt so im Halbtran daliegt und Hausfassaden und Asphalt sich nach der Hitze des Tages ausruhen. Aber das hier war doch etwas ganz Besonderes. Die Stille kam dazu. Wir konnten ein Dieselboot auf dem Meer hören, sonst waren unsere Gummisohlen, die auf den weichen Asphalt auftraten, das einzige Geräusch, das die Stille brach.

»Stell dir mal vor, wie das hier früher gewesen sein muss«, sagte der Prof. »Damals, als hier der alte Evensen seine Possen trieb. Vor den Motorbooten, vor den Außenbordmotoren.«

»Nur das Flappen der Segel«, sagte ich. »Und der Wind.«

Wortlos gingen wir weiter.

Dann redete wieder der Prof. Leise, diesmal. »Glaubst du, es geht zum Teufel, Peter? Dass es zu spät ist um die Entwicklung zu stoppen? Dass die Menschen ihren Dreck einfach weiter überallhin schmeißen werden, bis alles so vergiftet ist, dass wir alle draufgehen?«

»Weiß nicht. Es eilt jedenfalls. Das Einzige, was wir tun können, müssen wir wahrscheinlich selber tun. Ich glaub nicht, dass es irgendwas bringt, auf die Politiker zu warten.«

»Jetzt hörst du dich aber wirklich an wie dein Vater.«

»Mein Alter ist eben nicht immer ganz daneben«, sagte ich. »Leider.«

Wir erreichten die Telefonzelle an der Kreuzung, und während wir darauf warteten, dass eine alte Frau genug über ihren wehen Rücken und die offenen Beine und den steifen Nacken geredet hatte, fand ich, wir sollten einen kleinen Plan für das machen, was der Prof sagen wollte.

Aber der stellte sich quer. Hörte sich das Gefasel der Oma an und betete zu Gott, ihren Kronen endlich ein Ende zu machen. Wozu sie ein Telefon brauchte, ging über meinen Verstand, bei ihrer Lautstärke hätte es wirklich ausgereicht, die Tür zu öffnen, jedenfalls bei einem Ortsgespräch.

»Gute Besserung«, wünschte der Prof, als sie endlich fertig war und sich auf den Heimweg machte.

Aby war offenbar nicht besonders von anonymen Anrufern geplagt, die ihn anpöbeln wollten. Jedenfalls hatte er sich keine Geheimnummer zugelegt. Er stand ganz einfach unter A im Telefonbuch. Hans Aby. Der Prof zögerte einen Moment, als müsste er seine Punkte ein letztes Mal durchgehen, dann legte er zwei Kronenstücke in den Spalt und wählte.

Es wurde fast sofort abgenommen. Als ob jemand neben dem Telefon gesessen und auf das Klingeln gewartet hätte.

»Hier Aby.«

Ich drängte mich näher, um besser hören zu können, und der Prof sah mich genervt an.

»Hallo?« Eine Frauenstimme. Seine Frau, seine Freundin, seine Sekretärin oder beides, dachte ich.

Der Prof räusperte sich und dann schaltete er seine Hörspielstimme ein. »Ja, guten Tag, hier ist Ole Möller vom Dagbladet. Könnte ich wohl mit Hans Aby sprechen?«

»Einen Moment.« Der Hörer wurde auf irgendeinen Tisch oder so was gelegt.

»Ich dachte, du wolltest den linken Reporter mimen?«

»Taktik. Der ist bestimmt viel kooperativer, wenn ich sage, dass ich vom Dagbladet bin. Einige von diesen Bonzen werden doch total hysterisch, wenn sie von linken Journalisten angeklingelt werden.« Ich nickte. Da hatte er sicher Recht.

Dann war Aby zur Stelle. »Aby, ja?«

Der Prof wiederholte seinen Spruch von vorhin. »Wir möchten ja gern ausführlicher über diesen Fall berichten«, sagte er. »Was für eine Absprache haben Sie denn eigentlich über die Abfalllieferungen nach Deutschland?«

»Wir liefern gemeinsam mit der CIH an Krull in Hamburg. Das ist eine praktische Lösung, mit der alle Beteiligten sehr zufrieden sind.« Er lachte. »Sogar die Schreihälse hier in der Stadt, möchte ich meinen.«

»Ja, Sie haben gestern eins zu null gewonnen, Aby. Im Heimspiel.«

»Ich würde das wohl eher als Eigentor beim Auswärtsspiel bezeichnen«, sagte Aby und war in richtig guter Stimmung. »Warum in aller Welt sollten wir das Risiko eingehen, den Dreck hier zu vergraben, wenn wir noch daran verdienen, ihn nach Deutschland zu schicken?«

»Ja, da haben Sie Recht. Darf ich fragen, ob an diesem Handel viel zu verdienen ist? Ich habe von verschiedener Seite gehört, dass dem nicht so ist, und da würde mich Ihre Ansicht doch sehr interessieren.«

Der Prof zwinkerte mir zu. Nun hatte er den Köder an den Haken gesetzt.

Eine kleine Pause folgte, als ob Aby sich fragte, wie zum Teufel Dagbladet das herausgefunden hatte, aber dann sprach er auch schon wieder. »Nein, ich muss zugeben, dass das Interesse an Mott in den letzten Jahren doch sehr gesunken ist. Und damit natürlich auch die Preise.«

»Also hebt der Gewinn sich auf? Wenn Sie die Kosten für die Fracht und so weiter mit einberechnen?«

»Ah … nein. Nicht ganz. Aber ich gebe zu, dass es derzeit ein schlechtes Geschäft ist.« Dann fiel ihm offenbar ein, dass der schlechte Verdienst sich umweltpolitisch für die Fabrik ausschlachten ließe, und er fügte hinzu: »Das zeigt doch gerade unseren Willen, den Fjord sauber zu halten, wenn wir bei der alten Lösung bleiben, statt uns mit Gaunereien zu helfen. *Obwohl* wir kaum daran verdienen, uns anständig aufzuführen!« Nun lachte er wieder herzlich.

»Da haben Sie wirklich den Nagel auf den Kopf getroffen!«, sagte der Prof begeistert und ich versetzte ihm einen leichten Tritt ans Bein, damit er nicht allzu schmeichlerisch wurde. »Ich glaube, das wär's, Aby. Haben Sie vielen Dank.«

»Es war mir ein Vergnügen. Und schreiben Sie bitte unbedingt, dass bei Inchem alle mit Eimern und Spaten herzlich willkommen sind. Wenn sie nur hinter sich aufräumen.«

»Also«, sagte der Prof und hängte den Hörer auf. »Er gibt ohne weiteres zu, dass dieser Giftverkauf ein schlechtes Geschäft ist.«

»Sicher«, sagte ich. »Auf andere Weise lohnt es sich für ihn ja wieder, nicht wahr. Kann sich als total *selbstlos* präsentieren, das ist doch was.«

»Doch, schon, aber du hast ja gehört, dass er erst mal kurz von den Socken war, als ich gesagt habe, dass der Verdienst angeblich nicht so hoch sein soll. Damit hatte er nicht gerechnet. Und früher hat er das nie erwähnt.«

»Und das bedeutet?«

»Weiß nicht. Aber es kann bedeuten, dass Inchem dabei ganz einfach Kohle einbüßt. Und das wiederum bedeutet, dass Inchem vielleicht irgendeine Gemeinheit mit dem Gift anstellt, jedenfalls mit einem Teil davon. Wenn sie wirklich Geld verlieren.«

»Meine Güte«, sagte ich. »Was sollen wir denn tun? Nach Deutschland auf Betriebsbesuch fahren, noch vor dem Wochenende?«

»Das wäre natürlich das Beste, Peter. Aber wir werden wohl hier in Steinsund anfangen müssen.«

Zwischenspiel

Wir kamen uns alle drei ziemlich doof vor, als wir eine Stunde später im »Hauptquartier« im Turm zusammensaßen. Der Prof hatte Gerd von seinem Gespräch mit Aby erzählt, aber die finanzielle Seite der Sache schien sie nicht sonderlich zu interessieren.

»Wir haben doch nichts, woran wir uns halten könnten«, sagte sie düster. »Es ist nur Schwachsinn zu behaupten, das Gift wäre konkret, solange wir kein einziges von diesen Fässern gesehen haben. Wir wissen nicht mal, wo es ist. Wird es draußen in Eyhavn gelagert oder liegt es immer noch in den Fabriken? Wir können nur feststellen, ob es wirklich an Bord der *Francesca* gebracht wird.«

»Ja«, sagte der Prof. »Wie es jetzt aussieht, ist das das Einzige, was wir tun können. Aber die *Francesca* wird doch erst morgen beladen. Was wir heute Nacht machen können, machen müssen, ist, zu versuchen das Gift zu finden. Die Fässer zu zählen. Hundertprozentig genau. Morgen müssen wir da sein, wenn das Schiff beladen wird, um festzustellen, ob wirklich alles an Bord gebracht wird. Wenn das nicht passiert, wissen wir, wo wir weitermachen müssen.«

»Und wenn es passiert?«, wollte ich wissen.

»Dann ist es natürlich schwerer. Aber lass uns eins nach dem anderen nehmen, sonst gibt's bloß Chaos. Alles kann auf eine Weise ablaufen, die wir gar nicht erwarten, und deshalb ist es bloß blöd, alles genau zu planen. Der erste Teil der Operation ist jedenfalls herauszufinden, wo die Fässer sind, und jedes einzelne zu registrieren. Und das muss heute Nacht passieren.«

»Aber wie sollen wir herausfinden, wo die Giftfässer sind?«, fragte ich.

»Mit Hilfe unserer Birne. Die Fabriken sind verantwortlich für die Schweinerei, solange die Fässer sich auf norwegischem Boden befinden. Ich glaube nicht, dass sie die von ihrem Gelände bringen, ehe sie die Fässer direkt aufs Schiff packen und ihnen von der Brücke her zum Abschied zuwinken können.«

»Klingt vernünftig«, sagte ich. »Wenn es in Eyhavn nicht einen bombensicheren Betonbunker gibt.«

»Gibt es aber nicht«, sagte Gerd trocken. »Da draußen ist bloß eines aus Beton, nämlich der Kai.«

»Super!« Jetzt wurde der Prof eifriger und fummelte nervös an der Pfeife herum. Ich fragte mich, ob er diese Unsitte mit nach Oslo nehmen würde, wenn hier alles vorüber wäre. Er fuhr fort: »Ich meine, wir können davon ausgehen, dass sich die Fässer auf dem Betriebsgelände befinden. Oder dass alles bei der CIH herumsteht, weil der Weg nach Eyhavn von da aus kürzer ist. Also müssen wir zwei Stellen untersuchen. Das wird nicht leicht, aber wir müssen einen Versuch machen. Und damit wir nicht die ganze Nacht dazu brauchen, schlage ich vor ...«

»... dass wir uns aufteilen!«, sagte ich. Und als diese Worte gesagt waren, wurde mir plötzlich Verschiedenes klar. Nach den schnellen Blicken zu urteilen, die der Prof und Gerd wechselten, konnte ich annehmen, dass sie auch schon mit diesem Gedanken gespielt hatten und dass es ihnen durchaus nicht egal war, wie diese Aufteilung aussehen würde. Sie hatten ja schon seit Tagen gewisse Signale ausgestrahlt, das begriff ich jetzt. Und als ich das kapiert hatte, war es ja nicht mehr schwer, mir vorzustellen, dass die beiden Turteltauben auf eine gewisse Annäherung hofften. Dass das vielleicht unter der Tarnung von etwas Vernünftigem geschehen könnte wie dieser nächtlichen Expedition, die wir gerade planten, passte ihnen sicher ganz hervorragend. Ich konnte nicht begreifen, was der Prof an dieser ziemlich herben Frau sah – und auch nicht, was sie an ihm fand, um ganz ehrlich zu sein. Und gleichzeitig, als ob nicht alles schon verwirrend genug wäre, spürte ich auch noch einen Stich, den ich ganz einfach nicht anders bezeichnen kann: Eifersucht! Der Prof war mein Kumpel, zum Kranich! Wann immer wir in etwas hineingeraten waren, hatten wir es zusammen geklärt. Der Gedanke, dass er und Gerd jetzt ohne mich Nachforschungen betreiben würden, machte mich ganz einfach sauer.

Aber ich riss mich zusammen. Und als ich den Prof ansah, den ich also mitten in einem Satz unterbrochen hatte, der ihm sicher nicht ganz leicht gefallen war, glaubte ich in seinen Augen eine stille Bitte zu sehen. Also schlüpfte ich in die Rolle des edlen Ritters und sagte, was ihm und Gerd noch viel schwerer fallen würde als mir: »Ihr geht zu Inchem. Und ich knöpf mir die CIH vor.«

Doch. Ihr Schweigen dauerte gerade lange genug um meinen düsteren Verdacht zu bestätigen.

»Alles klar«, sagte Gerd. »Aber ich hab eine Überraschung. Wartet einen Moment!« Sie stürzte zur Tür hinaus und rannte quer durch den Bodenraum.

Der Prof erhob sich und ging zum einen Fenster hinüber. Machte es auf und lehnte sich weit hinaus.

»Wie ist die Luft?«, fragte ich. »Kühl?«

Er gab keine Antwort.

Als er sich endlich umdrehte und wieder setzte, war seine Gesichtsfarbe fast wieder normal. Nur seine Ohrläppchen waren noch zart gerötet.

»Peter, ich habe ... ich habe noch nie ...«

»Jetzt red keinen Scheiß!«, sagte ich. »Hat doch keinen Zweck hier noch weiter rumzuquatschen, nicht wahr? Vergiss bloß die Fässer nicht.«

Er betrachtete gründlich seine Hände.

Dann hörten wir Gerd kommen und gaben uns alle Mühe uns wieder normal zu benehmen. Sie brachte eine graue Leinentasche mit, die sie vorsichtig auf den flachen Tisch zwischen uns setzte.

»Hab ich von Daniel Düsentrieb geliehen«, sagte sie strahlend. »Er hat sie selber gebaut.«

Ich pfiff. In der Tasche lagen zwei Walkie-Talkies.

»Und dann habe ich die Tanks an den Mopeds von Reino und Lise gefüllt«, sagte sie und sah mich erwartungsvoll an. Und einen Moment glaubte ich, sie mit denselben Augen zu sehen wie der Prof. Ich musste lachen und zugeben, dass sie einfach Spitze war.

Um ein Uhr rutschten wir auf dem Bauch die Hintertreppe hinunter und schlichen uns aus dem Haus. Es fing an zu regnen, als wir uns zur Scheune hinüberschlichen, wo die Mopeds standen. Zwei Museumsgegenstände der Marke SICHER, die alles andere als sicher aussahen im Schein von Gerds Taschenlampe.

»Sehen schlimmer aus, als sie sind«, meinte sie. »Lise und Reino fahren jeden Tag damit, und soviel ich weiß, haben sie noch nie Ärger damit gehabt. Aber morgen früh um sechs müssen sie wieder hier sein, möglichst mit kaltem Motor und heilen Reifen!«

Während der Prof die Tür aufhielt, schoben wir die Mopeds hinaus und den Weg hinunter, damit niemand im Haus hören konnte, wenn wir sie anließen. Das war ziemlich schwierig in der Dunkelheit, denn der Weg war voller Löcher und Steine, aber es ging, wenn wir uns nur Zeit ließen. Trotz allem war noch viel Zeit, bis wir zurück sein mussten.

Unten bei der Kreuzung mit der Hauptstraße meinte Gerd, jetzt wären wir sicher. Sie trat auf den Starter ihres Mopeds und der Prof setzte sich auf den Gepäckträger. Er wusste zuerst nicht so recht, was er mit den Händen anfangen sollte, dann aber fasste er Mut und legte sie auf die Hüften der Fahrerin. Ich ließ mein Moped an und die beiden winkten zurück und verschwanden auf dem dunklen Asphaltstreifen. Ich folgte ihrem Rücklicht mit den Augen, bis es hinter einer Kurve verschwand. Ich wollte gerade losfahren, als der Motor mit einem metallischen Räuspern verstummte.

Ich versuchte wieder zu starten, überschüttete das Moped mit einem Fluch nach dem anderen, aber der Motor schien sich davon nicht beeindrucken zu lassen. Wie oft ich auch auf den Anlasser trat und den Gashebel drehte, er ließ nur ein Gegurgel hören und das war alles. Peter Pettersens erster Solo-Auftritt als hartgesottener Privatdetektiv hatte schon einen auf den Hut bekommen, noch ehe er richtig angefangen hatte.

Und schließlich musste ich einfach einsehen, dass mich das Unglück an meinem einwandfrei schwächsten Punkt erwischt hatte. Ich war zwar schon einmal Moped gefahren, ja, sogar Motorrad, aber ich hatte keine Ahnung davon, wie so ein Motor funktioniert. Das Einzige, was ich daran kapiert hatte, war, dass Benzin im Tank sein muss – und daran konnte im Moment leider überhaupt kein Zweifel bestehen. Der Tank war bis zum Rand voll.

Na gut. Die Schlacht ist noch nicht verloren, dachte ich.

Ich konnte diese Unglückskiste zur Scheune zurückschieben und stattdessen ein Fahrrad nehmen. Am Motor herumzufummeln wäre genauso blöd wie einen Blinden an ein Puzzlespiel zu setzen. Ich machte einen letzten, verzweifelten und ergebnislosen Versuch und stieg fluchend vom Moped. Drehte es mit einem Ruck um und merkte gleichzeitig, dass der Regen jetzt stärker geworden war. Himmel, ich muss schon sagen, dass ich mich kein bisschen auf die lange Radtour freute, die jetzt vor mir lag.

Dann wurden Wut und Gereiztheit plötzlich von eiskalter Angst abgelöst. Jäh, ganz ohne Vorwarnung. Wie ein Eiszapfen, der von einem Dach fällt und dir das Rückgrat hinunterrutscht. Weil der Himmel sich so zugezogen hatte, war es um mich herum ziemlich dunkel, aber doch nicht so dunkel, dass ich den Schatten unter den Laubbäumen ein Stück weiter den Weg hinauf nicht gesehen hätte. Der Schatten hatte sich bewegt. Da oben unter dem Laubüberhang stand jemand und beobachtete mich.

Ich versuchte mir mit Vernunft zu helfen. Mir zu sagen, dass das Reino oder Lisa oder sonst jemand vom Hof sein musste und dass sie mich jetzt ziemlich runterputzen würden, weil wir die Mopeds geklaut hatten, aber damit hätte sich's dann auch. Kaum wahrscheinlich, dass hier ein Lustmörder herumspazierte. Aber das Idiotische ist natürlich, dass die Vernunft in solchen Situationen nicht viel zu sagen hat. Und als der Schatten auf mich zukam, während meine Ohren nichts mehr hörten als knackende Zweige und Getrampel auf nassem Gras, hätte ich wirklich fast in die Hose gemacht.

»Ich kann es in Ordnung bringen«, sagte der Schatten.

Ich zwang mich dazu, bis zwanzig zu zählen, damit mich nicht die Versuchung überwältigte, mich auf ihn zu stürzen und ihn augenblicklich zu erwürgen. Und ich musste noch sehr lange weiterzählen, bis ich das Gefühl hatte, sprechen zu können, statt zu brüllen.

»Was zum Teufel machst du hier? Mitten in der Nacht. Du müsstest jetzt wie ein Stein pennen!«

Er stand ganz still da.

»Also, antworte wenigstens«, sagte ich.

»Soll ich es reparieren oder was?«

Ich riss mich zusammen. Hatte doch auch keinen Sinn, den bösen Onkel zu spielen, wo ich hier mit einem geklauten Moped stand und es nicht in Gang bringen konnte.

»Schaffst du das?«

»Claro«, sagte Espen. Jetzt wagte er näher zu kommen.

»Bist du hinter uns hergeschlichen oder ist das bloß dein üblicher Abendspaziergang?«, fragte ich und richtete die Taschenlampe voll auf sein Gesicht.

Er stand ganz still und kniff die Augen zusammen, während ihm der Regen über das Gesicht lief. »Ich weiß alles, Peter. Ich war heute Abend auf dem Dachboden.« Er schluckte zweimal hart und plötzlich ging mir auf, dass er glaubte, ich würde ihm sofort ein paar reinsemmeln. Stand einfach da und wartete! Herrgott! Ich war doch kein Mistvieh! Und dann dachte ich, dass heute wohl der Abend der großen Entdeckungen sein müsste, denn nicht nur der Blickwechsel von Gerd und dem Prof war in mein Unterbewusstsein gerutscht. Irgendwo musste mein halbödes Gehirn auch registriert haben, dass Espen die ganze Zeit Kontakt suchend um uns herumgewuselt war. Und wir hatten natürlich unseren Kram gemacht und nicht einmal Lust gehabt auch nur mit ihm zu reden. Scheißbenehmen nennt man so was. Und nun stand der Typ also da und bot mir höflichst an, den Motor wieder in Gang zu bringen, damit ich losdüsen und die Welt retten konnte! Ich hätte mich ohrfeigen können.

»Ich kapier nicht, was los sein kann«, sagte ich. »Der Tank ist doch voll ...«

Er übernahm die Taschenlampe und hockte sich hin. Drehte irgendwo herum und setzte sich auf den Sitz. Trat ein paar Mal durch, dann sprang der Motor an. Er drehte gleichmäßig und sauber.

»Mann«, sagte ich beeindruckt. »Sag mir das Zauberwort.«

»Es gibt kein Zauberwort, Peter. Du brauchst bloß den Benzinhahn aufzudrehen!«

Ich war froh, dass es dunkel war, sehr froh. Er wollte absteigen, aber ich winkte abwehrend mit der Hand und stieg hinter ihm auf. »Du weißt doch, wo wir hinwollen?«

Er lachte glücklich auf und wir fuhren in die Nacht hinein.

Das ist Wahnsinn, Peter Pettersen!

Wir waren beide reichlich nass und durchgepustet, als wir uns dem Weg näherten, der zu Ebersens Haus und der Fischfarm führte. Ich knuffte Espen in den Rücken und winkte ihm, von der Hauptstraße herunterzufahren. Er nickte, schaltete herunter und hielt langsam auf das Meer zu. Ich konnte durch den Motorlärm die Wellen hören, die träge ans Ufer schlugen. Mitten auf dem Kai kamen wir zu einem Wendeplatz und Espen steuerte ihn an und schaltete den Motor aus.

»Perfekt«, sagte ich. »Wir könnten glatt telepathischen Kontakt haben. Setz die Mühle unter die Bäume. Von hier aus gehen wir zu Fuß.«

Leise schob er das Moped in die Dunkelheit und ich konnte hören, dass er den Ständer ausklappte.

»Los jetzt«, sagte ich. »Wir liegen hinter dem Plan zurück und wir haben verabredet, dass ich sie zuerst anrufe, weil ich den längsten Weg habe. Sie warten sicher schon.«

Unten auf der alten Brücke leuchtete ein blauweißes Licht aus einer einsamen Lampe, aber zum Glück war nirgendwo ein Mensch zu sehen. Herr und Frau Ebersen lagen sicher unter ihren Decken und träumten von fetten Lachsen und andere Menschen hatten hier unten nichts zu suchen, wenn ich das richtig verstanden hatte. Trotzdem bewegten wir uns leise und wir sprachen nicht miteinander. Wir gingen über den Weg zur Fabrik, bogen aber in den Wald ein, als wir sie erreicht hatten. Nun gingen wir über denselben Weg wie vor kurzer Zeit mit Gerd und dem Prof und ich fand mich ein bisschen besser zurecht. Jedenfalls wusste ich, dass der Weg nach etwa hundert Metern auf einer kleinen Anhöhe enden würde. Dort oben standen dicht zusammen ein paar Kiefern, die uns Schutz geben würden, und wir würden einen guten Überblick über die Fabrik haben. Wir hatten verabredet, dass ich von dort aus die Turteltauben anrufen würde. Aber dass ich das zusammen mit dem Schwager vom Prof tun würde, hatten wir nicht ausgemacht und ich fragte mich ja doch, was sie dazu sagen würden.

Wir hockten uns unter die Kiefern und ich schaffte es noch schnell uns eine eiskalte Dusche in den Nacken zu wuppen, ehe wir uns ganz dicht an den Stamm anschmiegen konnten. Hier saßen wir weich und verhältnismäßig trocken.

In den Fabrikhallen und dem Lager unter uns leuchteten einige schmale Fenster hoch oben in der Wand, eine große Doppeltür, die in Nacht und Regen offen stand.

Ich rief Gerd und den Prof an und schaltete auf »Empfang«. Es brauste und knisterte schrecklich und ich fragte mich, ob ich schon wieder etwas falsch gemacht hatte. Ich sah fragend zu meinem Techniker hinüber.

»Sicher das Wetter«, sagte der. »Versuch's noch mal.«

Nachdem ich sie viermal gerufen hatte, schalteten sie sich ein. »Hier Prof. Wie sieht's aus? Over.«

»Hör auf mit diesem Over-Quatsch«, sagte ich. »Wir sind hier oben auf der Kuppe. Over«, rutschte es mir heraus.

»*Wir?* Over.«

»Espen. Ich brauchte doch einen neuen Assistenten, wo der alte abgehauen ist. Wie sieht's bei euch aus? Over.«

Pause. Brausen und Knistern.

»Espen?« Die große Schwester ging auf Sendung. »Was hast du da zu suchen, Espen? Over.«

»Lass den Quatsch«, sagte ich. »Hier ist alles unter Kontrolle und wir sind in Spitzenform. Wenn du mit deinem Bruder Streit anfangen willst, kannst du das machen, wenn wir wieder zu Hause sind, nicht wahr? Over.«

Noch eine Pause. Ich hoffte, dass der Prof sie beruhigen konnte.

»Alles klar. Ich hab bloß den Zusammenhang nicht sofort kapiert. Er hat wohl mal wieder Gespenst gespielt.«

Sie schien damit schon bittere Erfahrungen gemacht zu haben.

»Wir befinden uns jetzt auf dem Strand vor dem Fabrikgelände. Unter dem Lager. Versuchen durch eine Ladeluke in der Rückwand hineinzukommen. Die Schiebetür scheint angelehnt zu sein. Over.«

»Noch zu früh, um zu sagen, wie wir reinkommen werden. Muss erst noch einen Blick auf die ganze Anlage werfen. Die Fabrik ist voll in Produktion und überall ist Licht. Und das verdammte Lager liegt ja neben der Produktionshalle. Steht natürlich sogar damit in direkter Verbindung. Over.«

»Sei vorsichtig! Und Espen nimmst du nicht mit rein, ist das klar? Over.«

»Klar sind wir vorsichtig. Wann sprechen wir uns wieder? In einer Stunde? Over.«

»Stunde ist okay. Over.«

»Verflixt«, sagte Espen, als ich das Walkie-Talkie wieder in der Plastiktüte verstaute. »Musstest du sagen, dass ich hier bin?«

»Ja, warum denn nicht? Du bist doch hier, oder? Reg dich ab, du bist jetzt in meiner Firma angestellt und Peter Pettersen lässt seinen Leuten nicht von ihren großen Schwestern auf der Nase herumtanzen.«

»Du hast *nicht* versprochen, dass ich draußen bleiben muss.«

»Meine Güte, hast du das gemerkt?«, fragte ich und grinste. »Also los. Unter diesem verdammten Baum ist ja wirklich kein Fass zu sehen.«

Unten am Strand hatten wir gute Deckung hinter Schilf und Büschen. Dass wir uns von hier aus an die Fabrik anschleichen mussten, war ziemlich klar. Auf der anderen Seite lagen ein beleuchteter Parkplatz und das offene Tor des Lagers. Obwohl die meisten, die hier etwas zu suchen hatten, sich jetzt wohl in der Produktionshalle befanden, würde sicher irgendwer einen Blick nach draußen werfen. Und es wäre ungeheuer schwierig, eine Erklärung dafür zu finden, dass Espen und ich mitten in der Nacht hier herumschlichen.

Aber hier auf der Rückseite kam das einzige Licht, das uns erreichte, aus den Fenstern der Produktionshalle. Und die Fenster saßen hier, wie auch vorne, ganz oben unter dem Dach. Im Ganzen gab es acht solche Fenster. Ich überlegte mir, dass die ganze Fabrikanlage mit ihren Schornsteinen und Rohren, Tanks und Gebäuden aussah wie ein Rieseninsekt, das hier unten gelandet war. Ein Rieseninsekt, das tief und drohend summte und das hinter seinem schützenden Panzer giftige Drüsen hatte. Ich bekam eine Gänsehaut bei dem Gedanken, dass ich diese Drüsen heute Nacht finden und untersuchen musste. Zusammen mit einem Zwölfjährigen, der sich vermutlich darauf verließ, dass ich im Notfall schon einen Ausweg finden würde. Der Prof fehlte mir.

Die Uhr war fünfzehn Striche weitergetickt, seit ich mit Gerd geredet hatte. Dreiviertelstunde bis zur nächsten Kontaktaufnahme. Ich ahnte langsam, dass die Zeit sehr knapp sein könnte, um etwas Brauchbares zu finden. Ich steckte die Lampe in die Tasche, jetzt war das kleinste Lichtfünkchen streng verboten, und ging auf das Wirrwarr von Rohren und Tanks zu. Dachte mir, dass dieses gewaltige Gewimmel von Metallrohren eine gute Deckung bis zum Weg geben könnte, der in die Fabrik selber führte.

Schwieriger Weg, wie sich herausstellen sollte. Es gab sicher in dem Irrsinn, den wir erreichten, ein System, aber um dieses System zu kapieren, musste man wohl eine technische Hochschule und Schlimmeres durchgemacht haben. Mir kam jedenfalls alles wie ein einziges Chaos vor und es war unmöglich, einen Weg in dieses Chaos zu finden. Wahrscheinlich gab es Pfade durch diesen Dschungel, um Reparaturen und Wartung zu ermöglichen, aber wo war der Eingang zu diesem Labyrinth? Ich sah mich mit zusammengekniffenen Augen um.

»Siehst du einen Weg?«, flüsterte ich dem Schatten neben mir zu. Er stand so dicht da, dass ich seinen warmen Atem an meiner Wange spüren konnte.

»Nein.«

»Ich auch nicht. Aber wir haben keine Zeit hier lange herumzutoben.«

Ich kletterte auf ein Rohr, das mir bis zur Mitte der Brust reichte, und merkte, wie meine Hände klebrig vom Öl wurden. »Dem folgen wir. Das führt jedenfalls rein ins Ungeheuer. Hier, nimm meine Hand.«

Ich zog ihn hoch und wir erhoben uns vorsichtig. Das Rohr war glatt von Öl und Regen, aber so breit, dass wir ohne große Schwierigkeiten darauf gehen konnten. Aber je weiter wir uns vom Grasplatz entfernten, umso häufiger stießen wir auf Hindernisse, kreuzende Rohre und Drähte,

Ventile und seltsame Vorsprünge. Außerdem ging das Rohr leicht aufwärts, wir machten also nicht gerade einen Sonntagsspaziergang.

Nach zehn, fünfzehn Metern wurde es besser. Wir erreichten eine niedrige Plattform, von der eine Leiter nach oben und nach unten führte. Ein Blick in den engen dunklen Schacht unter der Plattform ließ mich diese Möglichkeit verwerfen. Ich nahm an, es wäre besser, nach oben zu klettern, weil hier auf jeden Fall etwas mehr Licht war. Und in diesem Moment kam mir eine Idee: Was war mit dem Dach des Lagergebäudes? Gab es dort eine Eingangsmöglichkeit, vielleicht durch eine Dachluke? Und wenn es nicht möglich war, von dort ins Lager zu kommen, so würden wir uns dort oben auf jeden Fall besser orientieren können. An den Hauswänden entlangzuschleichen könnte riskant sein. Wir hatten zwar keinen Wächter gesehen, aber das hieß ja nicht, dass hier tatsächlich keiner war. Das Dach war verlockend.

Dort hinaufzukommen dagegen war schon sehr viel weniger verlockend. Die Leiter, die nach oben führte, war nass und kalt wie alles andere hier und ich brauchte ja nicht einmal nur an mich selber zu denken. Wenn Espen aus dieser Höhe zwischen die Rohre stürzte … Ich musste mich dazu zwingen, nicht an die Konsequenzen zu denken. Dachte aber natürlich doch daran. Sah mich selber in dunklem Anzug, gebeugt über einen Sarg, der tief im Boden versenkt wurde, während zehntausend Erwachsene mich mit Blicken durchbohrten. Peter Pettersen. Der Verführer der Jugend.

Wir erreichten eine weitere Plattform. Sie war schmaler und wir mussten uns dicht zusammenstellen, um Platz zu haben. Wir waren so hoch wie das Dach der Produktions-

halle, es würde aber nicht leicht sein, darauf überzu-
wechseln. Ein zehn Meter breiter Abgrund trennte uns da-
von. Rechts von uns verliefen allerdings zwei parallele
Rohre und in der Dunkelheit schienen sie in zwanzig Meter
Entfernung in einer Schleife ans Dach heranzuführen. Diese
Rohre stellten den einzigen Weg dar.

Ich schluckte und hätte am liebsten aufgegeben, wäre
vorsichtig wieder nach unten geklettert, mit dem Moped
nach Hause gefahren und unter die Bettdecke gekrochen.
Hätte alles vergessen, was mit verdreckten Fjorden und
düsteren Zukunftsaussichten zu tun hatte. Ich wollte Espen
gerade befehlen, hier stehen zu bleiben, genau hier, bis ich
zurückkäme, als ich merkte, dass er sich von mir entfernte
und in die Dunkelheit glitt. Einen Moment lang wartete ich
auf seinen Schrei, der die Nacht zerreißen würde, aber dann
entdeckte ich, dass er bereits auf dem einen Rohr herum-
kletterte.

»Espen!«

»Pst! Du siehst doch, dass das die einzige Möglichkeit ist.«

»Ja«, sagte ich und biss die Zähne zusammen.

Von der Plattform aus hatte es schlimmer ausgesehen, als
es war. Das eine Rohr lag einen halben Meter unter dem
anderen und deshalb hatten wir eine Art »Geländer«, an dem
wir uns festhalten oder auf das wir uns zumindest stützen
konnten.

Allerdings ließen wir uns wirklich sehr viel Zeit.
Während wir uns langsam vorarbeiteten, hatte ich vor allem
Angst, dass das Rohr unter uns zusammenbrechen und unter
unseren Füßen verschwinden könnte. Die Rohrplatten
waren nicht besonders dick, ich merkte, wie ich sie aus-
beulte, wenn ich länger als zwei Sekunden auf einer Stelle
stehen blieb. Und was befand sich in diesem Rohr? Giftige

Gase? Glühend heißer Dampf? Solche Gedanken trieben uns dazu an, so schnell wie überhaupt möglich weiterzugehen.

Als wir die Stelle erreicht hatten, wo das Rohr dicht an der Wand verlief, war ich nass vor Schweiß. Vor Angstschweiß. An dieser Stelle lief aber keine besondere Dramatik ab, wir brauchten uns einfach bloß auf den Rand des flachen Daches fallen zu lassen und die Beine nachzuziehen. Das reine Kinderspiel im Vergleich zu dem Wahnsinnssprung, den ich vor ein paar Tagen bei Inchem hingelegt hatte. Hoffentlich erwartete uns nicht auch hier irgendeine geheimnisvolle Person mit bunten Haaren und Mobiltelefon! Übrigens hatte ich total vergessen, Gerd und dem Prof davon zu erzählen. Aber hatte ich es wirklich *vergessen*?

Wir standen auf und schauten uns um. Flaches Dach. Riesengroßes flaches Dach. Der reine Fußballplatz. Es war mit grober Teerpappe gedeckt und übersät mit stark leuchtenden Glasblasen. Ja, die Dachfenster waren kreisrund wie Blasen. Ein witziger Anblick! Hundert leuchtende Ufos schienen in Kniehöhe auf uns zuzufliegen. Hundert Meter östlich begann das Dach der Lagerhalle. Auch das war flach und es war etwas höher als das, auf dem wir jetzt standen, aber es würde nicht schwer sein hinaufzuklettern. Die große Frage war bloß, ob es sich überhaupt gelohnt hatte, unser Leben zu riskieren, um hier heraufzukommen!

Wir machten ein paar vorsichtige Schritte vorwärts und schauten durch ein Fenster in die Halle.

Wir blickten in eine staubige Fabrik, wo tief unter uns zwei Männer zwischen geheimnisvoll aussehenden Maschinen und einem Fließband hin und her liefen. Am Bildrand stand ein Riesentrichter mit einer gelben, butterähnlichen Masse und am Boden des Trichters wurden riesige Fässer bis zum Rand gefüllt, ehe sie auf dem Fließband weitertrans-

113

portiert wurden. Drei Fenster weiter konnten wir sehen, wie die Fässer einen Deckel bekamen und versiegelt wurden. Rote Fässer, das merkte ich mir. Was auf ihnen geschrieben stand, war unmöglich zu lesen. Rote Fässer. Vermutlich war diese »Butter« die Ware, die hier exportiert wurde. Wir liefen weiter und widerstanden der Versuchung, noch in andere Fenster zu blicken. Wir hätten zu leicht entdeckt werden können. Außerdem war es wenig wahrscheinlich, dass sich das, was wir suchten, in der Produktionshalle befinden konnte. Und wenn das doch der Fall war, dann konnten wir genauso gut wieder nach Hause fahren. Unsere einzige Chance bestand darin, dass die Giftfässer in der Lagerhalle standen und dass die Lagerhalle nicht so dicht bevölkert war wie die Halle unter uns.

Auf das nächste Dach zu steigen war, als hätten wir eine schallende Ohrfeige eingeheimst, wo wir mit einem Stück Kuchen gerechnet hatten. Kein Fenster, keine Luke! Ganz am anderen Ende konnte ich einen flachen quadratischen Aufbau erkennen, ungefähr so groß wie ein Klohäuschen, mit einer grauen Tür. Einen Moment lang kam mir das Leben nicht ganz so schrecklich vor, denn natürlich musste sich hinter dieser Tür eine Treppe ins Lager befinden, aber diese gute Stimmung hielt nicht besonders lange vor. Nur ein Idiot konnte schließlich damit rechnen, dass die Tür mitten in der Nacht offen stand.

Und natürlich! Sie bewegte sich nicht einmal, als ich an der Klinke rüttelte.

»Verdammt!«, sagte Espen. Ich hörte ihn zum ersten Mal fluchen, wahrscheinlich hatte ich einen schlechten Einfluss auf ihn.

»Was machen wir jetzt?« Er sah mich hoffnungsvoll an, als ob er wirklich glaubte, ich könnte für die unmögliche

Situation, in der wir jetzt steckten, eine Lösung aus dem Ärmel schütteln. Beim Gedanken, den langen, schweren Rückweg antreten und ganz von vorn anfangen zu müssen, drehte sich mir der Magen um. Ich schüttelte verzweifelt den Kopf und setzte mich auf die niedrige Kante, die das ganze Dach umgab.

»Keine Ahnung!«

Er hatte wohl keine besondere Lust, sich neben mich zu setzen, und wanderte auf die andere Seite des Dachs hinüber. Ich blieb allein sitzen und das Bild von Matratze und Decke im Turmzimmer stand bei jeder Regenbö, die über mich hinwegfegte, klarer vor meinen Augen. Ob Gerd und der Prof genauso wenig Schwein hatten wie wir? Ich schaute auf die Uhr. Das würde ich in fünfzehn Minuten erfahren.

»Peter! Komm her!« Espens Stimme klang im heulenden Wind schwach und dünn. Wenn ich mich nicht sehr irrte, würde dieses Mistwetter im Laufe der Nacht nur noch schlimmer werden. Und das bedeutete, dass wir eine wirklich üble Rückfahrt vor uns hatten.

Ich ging zu ihm hinüber. »Was ist los?«

»Schau mal!«, sagte er aufgeregt. Er packte mich am Arm und zog mich an die Dachkante, sagte, ich sollte mich vorbeugen und in die Richtung schauen, in die er zeigte.

»Nein!«, sagte ich entsetzt. »Kommt nicht in Frage!« Mein Herz hämmerte los, als mir aufging, was er jetzt vorhatte. Hatte der Junge denn restlos den Verstand verloren?!

Etwa einen Meter unter uns befand sich eine breite Luke. Sie war einen Spalt weit offen, aber dieser Spalt hatte diesen Namen wirklich kaum verdient. Wenn wir etwas in diese Öffnung fallen ließen, dann würde der Gegenstand gegen die Wand unter der Luke prellen und in den Raum darunter geschleudert werden. Etwas ganz anderes würde passieren, wenn ein Menschenkörper dasselbe versuchte. Dann würde aller Wahrscheinlichkeit nach die Luke unter dem Gewicht abbrechen und die Luke und ich würden abstürzen. Und falls die Luke doch hielt, so wäre die Öffnung viel zu eng, ich könnte niemals hindurchschlüpfen.

»Nein!«, sagte ich. »Das versuch ich gar nicht erst!«

Er sah mich verwirrt an. »Nein, das hätte doch keinen Sinn!«

»Genau. Also hauen wir ab.«

»Ich muss das machen«, sagte er ruhig. »Das musst du doch einsehen. Die Öffnung ist für mich wahrscheinlich groß genug und …«

»Herrgott!«, sagte ich. »Und was ist mit dem Lukendeckel? Oder willst du in der Luft schweben?«

»Nein«, sagte er. Ganz ruhig, total cool. »Wenn du mich an den Armen festhältst, dann brauch ich den Lukendeckel nicht und kann versuchen mit den Füßen den Rand von diesem Loch zu finden.«

Ich wusste einfach nicht, was ich glauben sollte. Entweder war er knatschverrückt oder er war einer der mutigsten Kerle, die mir je begegnet waren.

»Na los!«, sagte er ungeduldig. »Das wird schon klappen, das ist doch klar.«

Ich weiß einfach nicht mehr, ob ich Ja gesagt habe, aber das muss ich wohl getan haben. Denn ich weiß noch, wie ich ihn langsam über die Dachkante hinabließ und dass ich in meinem Kopf eine erwachsene Stimme hörte. »Das ist Wahnsinn, Peter Pettersen«, sagte diese Stimme. Immer wieder. Sehr laut.

Was das für ein Gefühl war, Espen so zwischen Himmel und Erde, Leben und Tod zu halten, während er mit den

Beinen strampelte und herumwackelte, habe ich fast verdrängt. Ich hatte solchen Schiss, dass ich nicht mehr wusste, wo ich war. Aber plötzlich merkte ich, dass ich ihn nicht mehr länger festhielt, und ich sah seine Zähne weiß aufleuchten, als er zu mir hochlächelte. Er stand mit beiden Füßen auf dem Lukenrand. Ich ließ seinen Arm los und er ging langsam in die Hocke, bis er die Luke oben mit der Hand zu fassen bekam.

»Jetzt kannst du ganz loslassen«, sagte er. Er stand halb zusammengekrümmt da und schwankte.

Ich ließ los und er verschwand.

Ich hoffte meinen eigenen Augen trauen zu können. Denn ich hatte wirklich gesehen, dass er in der Luke verschwand und nicht in der Finsternis.

Ich wackelte zurück und hielt mein Gesicht in den strömenden Regen. »Danke, lieber Gott!«, sagte ich zum ersten Mal, seit ich die Sonntagsschule an den Nagel gehängt hatte. Das war das Mindeste, was ich sagen konnte.

Totale Verwirrung

Die Minuten kamen mir vor wie Jahre, als ich so dastand und die graue Metalltür und die glänzende Klinke anstarrte. Das runde Yaleschloss war wie ein kaltes, hartes Auge, das seinerseits mich anstarrte. Ich hatte die ganze Zeit einen schmerzhaften Klumpen im Bauch, denn gerade in diesem Moment konnte wirklich allerlei schief gehen und alles ruinieren. Ich konnte ja nicht davon ausgehen, dass Espen die Tür, vor der ich jetzt wartete, erreichen konnte. Da unten konnte es andere Türen, andere Schlösser geben … Und wenn er es schaffte, dann brauchte dieses Schloss ja auch nicht so einfach zu sein, wie es aussah. Es sah aus wie ein normales Schnappschloss, aber ich kannte mich damit viel zu wenig aus, um das sicher zu wissen. Und da ich nichts Besseres zu tun hatte, als im Regen zu stehen und mich aufzuregen, schrieb ich mir hinter die Ohren, dass ich mich besser über Schlösser informieren müsste, wenn ich mich in Zukunft weiter in anderer Leute Angelegenheiten einmischen wollte. Das gehört doch wohl schon fast zur Grundausbildung jedes Schnüfflers, dachte ich bitter.

Dann bewegte die Klinke sich langsam nach unten, ehe sie mit einem Ruck wieder hochsprang. Und Klinken haben bekanntlich nicht die Gewohnheit auf eigene Faust irgendetwas zu unternehmen. Irgendwer befand sich hinter der grauen Stahlplatte, das stand jedenfalls ganz fest. Ich konnte nur hoffen, dass es Espen war und nicht irgendein Wächter, der auf dem Dach ein bisschen frisches Regenwasser tanken wollte.

Ich hörte das gedämpfte Klicken des Schlosses und die

Tür öffnete sich. In der dunklen Öffnung stand Espen und lächelte von einem Ohr zum anderen, als würde er gleich vor Stolz platzen.

Dazu hatte er auch jeden Grund. Und als ich mich aus dem Regen in Sicherheit brachte, dachte ich, dass es wirklich mehr als Glück war, vorhin vergessen zu haben, den Benzinhahn aufzudrehen. Hätte ich bloß ein bisschen mehr Training im Mopedfahren gehabt, dann wäre diese Tür für mich verriegelt und verrammelt geblieben. Espen hatte wirklich die ganze Kiste gerettet!

Die Tür glitt hinter mir zurück und ich zog sie vorsichtig ins Schloss. Hier oben war es stockfinster, aber irgendwo unter uns beleuchtete schwaches Licht die Betontreppe.

»Komm!«, sagte Espen und begann vorsichtig die Treppe hinunterzugehen. »Aber pass auf, hier ist's schrecklich hellhörig!«

Das brauchte er mir nicht zu erzählen. Selbst wenn er flüsterte, hallte das Echo von den nackten Betonwänden wider.

Am Fuß der Treppe führte ein kurzer Flur zu einer neuen Metalltür, die angelehnt war. Rechts lag die Luke, durch die Espen hereingekommen war.

»Hast du nachgesehen, wie's draußen aussieht?«, fragte ich und zeigte auf die halb geöffnete Tür.

»Ja. Wahnsinnsanblick, kann ich dir sagen. Fast wie auf der Empore in einer Kirche!«

»Hoffentlich gibt's in dieser Kirche heute Nacht kein Orgelkonzert«, sagte ich.

»Wie meinst du das?«

»Alarm. Aber ich glaub, wir brauchen uns erst mal nicht aufzuregen. Wenn hier eine Alarmanlage wäre, dann hätten wir sie schon längst ausgelöst.«

Ich schob die Tür auf.

Espen hatte nicht gerade übertrieben. Wir befanden uns hoch oben an der Wand einer Halle, die so groß war wie eine Kathedrale. Unter uns standen Hunderte von Kisten und Kästen, Kannen und Metallfässern aufgestapelt. Hier oben, hoch über allem, konnten wir auf ein kompliziertes Wegnetz hinunterblicken, in dem der Gabelstapler operieren konnte. Das reine Labyrinth. Wer hier ein- und ausfahren wollte, musste eine wirre Landkarte im Kopf haben. Bloß in Bezug auf diese »Empore« hatte Espen ein bisschen dick aufgetragen. Sie war nämlich im Grunde nichts anderes als eine schmale Gehbrücke aus Stahl, auf der wir noch dazu über ein Gitter gingen, so dass wir voll auf den Boden fünf-zehn Meter unter uns blicken mussten. Diese Gehbrücke zog sich von der Türöffnung, wo wir standen, an der Längswand entlang, vorbei an irgendeiner Schalttafel, bis zu einer Wendeltreppe am anderen Ende der Halle. Der Raum lag in einem schwach grünlichen Licht. Unheimliche Stimmung, fand ich. Aber vielleicht verstärkte das Licht bloß die unheimliche Stimmung, die ich schon hatte.

»Meine Güte!«, stöhnte ich. »Wo sollen wir denn hier anfangen zu suchen?«

Espen gab keine Antwort, starrte bloß mit großen Augen nach unten und hielt die Klappe.

Eins nach dem anderen, schärfte ich mir ein. Zuerst mussten wir unser Funkrendezvous mit Gerd und dem Prof durchziehen. Wir mussten in fünf Minuten auf Sendung gehen.

Wir zogen uns in den Flur zurück und Espen zog die Tür fast ins Schloss. Ich postierte ihn am Türschlitz, wo er die Gehbrücke im Auge behalten konnte, während ich das Gequatsche erledigte.

»Du musst mich sofort unterbrechen, wenn du jemand auf der Treppe siehst. Sofort, kapiert?«

»Sicher. Ruf du nur in Ruhe an.«

»Eine Minute«, sagte ich.

Aber die Uhr des Profs ging offenbar eine Minute schneller als meine. Er rief mich an, ehe ich auf »Sendung« schalten konnte.

»Bin in der Fabrik«, sagte ich. »Scheint so, als hätten wir noch eine Menge zu tun. Der Laden hier ist riesig. Over.«

»*Wir!*« Das war Gerds Stimme und ich hätte mich verfluchen können. Nun war ich wirklich ins Fettnäpfchen gelatscht – schon wieder.

»Ohne Espen wär ich hier nicht reingekommen. Aber die Einzelheiten erfahrt ihr später, ist das okay! Over.«

»Okay.« Das war wieder der Prof. »Hier läuft alles wie geschmiert. Wir sind schon wieder draußen. Die Mottfässer stehen hier. Fünfzehn Stück. Deutlich beschriftet. Blaue Fässer mit gelbem Etikett. Sie stehen am Eingang, zum Abtransport bereit. Was machen wir nun? Sollen wir euch helfen kommen?«

»Spinnst du? Ich weiß nicht mal, wie ich euch erklären sollte, wie ihr hier reinkommt. Nein, das würde bloß Chaos, Prof. Fahrt lieber nach Hause und wartet im Turm auf uns. Aber lasst für alle Fälle das Walkie-Talkie auf Empfang stehen … over.«

»Natürlich. Glaubst du, das wird schwierig?«

»Ja. Die Halle ist so groß wie ein Fußballplatz. Und voll! Setzt schon mal Tee oder Kaffee für uns auf. Over.«

»Teufel auch. Das klingt nicht toll! Wenn ich gewusst hätte …«

»Das ist nicht toll«, sagte ich und drehte das Messer in der Wunde um. »Aber eins sag ich euch: Wenn zu Espen auch nur ein kritisches Wort gesagt wird, dann knallt's. Over und aus!«

»Das werden wir sehen«, sagte Gerd. »Over. Und aus!«

Ich ließ das Walkie-Talkie auf Empfang stehen und wollte ihn gerade wieder in der Plastiktüte verstauen, als Espen voller Panik anfing zu sprechen.

»Zum Henker, Peter – die Bullen kommen! O Himmel, was sollen wir bloß …«

»Fresse halten!«, fauchte ich. Sprang auf und stand innerhalb von zwei Sekunden neben ihm. »Die Bullen. Spinnst du?«

Aber nein, es waren nicht die Bullen. Bloß einer, der haargenau so schlimm war. Ein uniformierter Wächter kam die Wendeltreppe am anderen Ende der Halle hoch. Er ging mit schwerem Schritt, setzte einen Fuß vor den anderen, während seine rechte Hand mit einem schweren Schlüsselbund spielte. Aber obwohl dieser Mann ganz offenbar kein Sprinter war, so war doch klar, dass Espen und ich schon wieder ein ernsthaftes Problem hatten. Wir konnten uns davonschleichen, wenn wir jetzt die Beine in die Hand nahmen, das war klar. Aber wenn der Wächter nicht merken sollte, dass sich Unbefugte in der Fabrik befanden, dann mussten wir die Tür oben hinter uns ins Schloss ziehen. Und das bedeutete, dass wir die gefährliche Operation an der Dachluke wiederholen müssten – und das wollte ich ganz einfach nicht. Aber gleichzeitig war ja sonnenklar, dass wir hier auch nicht stehen bleiben konnten.

Und damit war die Sache für uns ja eigentlich entschieden. Wir mussten abhauen und zugleich hier bleiben. Das bedeutete, dass wir uns hinter der grauen Tür verstecken mussten. Aber ohne sie so weit zuzuziehen, dass das Schloss zuschnappte. Wenn der Wächter als Teil seiner Routine auch einen Blick aufs Dach werfen musste, dann mussten wir eben die Tür zufallen lassen und davonrennen, wenn er die Betontreppe erreicht hatte. Wenn er aber von der faulen Sorte war, die Regen im Gesicht nicht toll fand, dann hatten wir eine Chance. Und um das herauszufinden mussten wir hier warten. Mussten auf unseren Herzschlag hören und auf das Geräusch seiner Schritte warten.

Wir hörten ihn schon aus einiger Entfernung. Er kam tatsächlich angelatscht und pfiff laut und falsch »We don't need no education« von Pink Floyd, wobei er sich am Geländer mit dem Schlüsselbund begleitete. Aus der Ferne hatte ich den Eindruck gehabt, er wäre reif fürs Altersheim. Aber ansonsten interessierte mich in diesem Moment sein Alter eher weniger. Viel lieber hätte ich gewusst, wohin er wollte. Wenn er auch nur einen Fuß auf die Betontreppe setzte, würde ich die Tür zufallen lassen müssen, sonst würde er das Schloss klicken hören – und dann hätten wir einen ziemlich miesen Vorsprung. Waren diese Heinis eigentlich bewaffnet? Ich wusste es nicht. Ich wusste im Grunde verdammt wenig von der Kunst des Schnüffelns.

Nun konnten wir seine Schritte hören. Subb, subb. Er musste schwer und müde sein. Ich hoffte bloß, dass er total erledigt war und auf sein schwaches Herz Rücksicht nehmen musste oder so. Wenn das Herz nicht mehr so recht will, ist das viele Treppensteigen gefährlich, das wusste ich jedenfalls.

Durch den schmalen Spalt konnte ich seine Füße und die Beine bis kurz überm Knie sehen. Sie kamen unten langsam in den Gang, dann blieben sie plötzlich stehen. Ich hielt die Luft an. Der Wächter kämpfte mit dem Atem. Dann schoss sein rechter Fuß vor und ich dachte, jetzt müssen wir abhauen, und wollte gerade die Tür ins Schloss schieben, als ich sah, dass er eine andere Richtung einschlug. Dann ertönte ein Knirschen und dann ein dumpfer Schlag. Natürlich! Er hatte die Luke geschlossen. Jetzt gab es nur noch einen Weg zurück für uns, und zwar durch diese Tür.

Aber ein Weg zum Ziel reicht, solange er offen ist, dachte ich siegessicher, als der Wächter sich wieder entfernte.

Er schien es ausreichend zu finden, dass er den Regen daran gehindert hatte, durch die offene Luke zu strömen. Er war jetzt auf »Bridge over troubled water« umgestiegen, wie ich hörte. Und schlug nicht mehr mit dem Schlüsselbund auf das Geländer ein.

»Puh! Das war ja haarscharf!«, sagte Espen.

»So ist das oft in diesem Beruf, mein Junge«, sagte ich und versuchte mit tiefem Detektivsbass zu reden.

Er lachte. »Gehen wir wieder runter?«

»Wart noch einen Moment. Wenn wir Schwein haben, können wir vielleicht …« Ich ging über das Dach und versuchte vorsichtig in den Hof hinunterzusehen. Die Lampen am Rand des Parkplatzes ließen den klitschnassen Asphalt glänzen wie Lakritz.

»Was machst du da?«

»Warten, hab ich gesagt.«

Dann kam er. Plötzlich tauchte er aus dem Schatten unter uns auf und überquerte den Parkplatz in Richtung Bürohaus.

»Verdammt!«, sagte ich. »Schau mal.«

Ein riesiger Teufel von einem Rottweiler folgte ihm auf dem Fuß. Er hatte ihn wahrscheinlich unten in der Halle angebunden, während er oben bei uns seine Inspektion ausführte.

Espen räusperte sich. »Das ist ja der reine Bär.«

»Ich würde lieber von einem Bären verfolgt als von dem da«, sagte ich.

Wir blieben stehen, bis der Wächter mit seinem Riesenvieh im Bürohaus verschwunden war.

Als wir erst einmal angefangen hatten, war der Job leichter, als wir uns das vorgestellt hatten. Kisten, Kästen und Kannen aller Art konnten wir uns ja schenken. Wir mussten uns über Fässer verschiedenster Sorten und Inhalte informieren und das schränkte die Auswahl doch ganz schön ein. Dass der Mott in Fässern aufbewahrt wurde, stand fast hundertprozentig fest, und nun war es außerdem noch durch das bekräftigt, was Gerd und der Prof bei Inchem gesehen hatten. Aber wo steckten die Giftfässer der CIH? Wir zählten an die dreihundert rote Fässer, die dieses butterartige Produkt enthielten, alle waren klar und deutlich mit einer fast einen halben Meter langen chemischen Formel beschriftet. Kein Problem. Aber wie sahen die Giftfässer aus? Sie müssten eigentlich einen Totenkopf aufweisen, aber konnte ich mich darauf verlassen? Diese ganze Registrierarbeit war noch dazu reichlich nervenaufreibend, die ganze Zeit hatte ich den Anblick des Riesenrottweilers in bester Erinnerung.

Bleib bei der Logik, dachte ich. Die Waren sollen morgen verschifft werden, also muss das Gift ziemlich nah am Tor stehen. Das sagte ich zu Espen und wir gingen hinüber. Es war eins von diesen Toren aus Leichtmetall, die sich beim Öffnen unter der Decke aufrollen. Die meisten roten Fässer, die wir untersucht hatten, standen in der Nähe dieses Ausgangs. Sie standen da in Reih und Glied, drei Fässer hoch, acht und zehn Fässer breit.

Mir kam eine Idee. »Verflixt. Vielleicht stehen diese Giftfässer vor unserer Nase, Espen!«

»Aber die sind doch alle rot!«

»Ja, die sind alle rot. Aber wir haben die Aufschrift nicht untersucht. Sie brauchen doch nicht unbedingt eine andere Farbe für die Fässer zu haben, bloß weil sie einige mit Mott füllen.«

»Heißt das, dass wir jedes einzelne Fass überprüfen müssen?«

»Ja, aber wenn es hier überhaupt Giftfässer gibt, dann jedenfalls eine ganze Menge. Und die stehen sicher alle auf einem Haufen. Wir fangen beim Tor an, nun komm schon.«

Jeder suchte sich eine Reihe neben dem Mittelgang aus. Ich sah mir zuerst die Fässer an, die am dichtesten bei der Wand standen, Espen übernahm die innerste Reihe auf seiner Seite.

Und er landete den ersten Treffer, schon nach wenigen Sekunden sogar. Insgesamt dreißig Fässer, die dicht beim Tor standen, trugen einen gut sichtbaren Totenkopf. Schwarzer Druck auf gelbem Grund, auf der Mitte des Fasses aufgeklebt.

»Super!«, sagte ich und bückte mich. Ich sah mir die Fassreihen an, aber nur diese dreißig waren als Gift gekennzeichnet. »Sieh mal die ganze Reihe durch«, sagte ich. »Wir müssen sicher sein, dass das die einzigen Giftfässer auf dieser Seite sind.«

Ungefähr mitten in der Reihe fand ich auch auf meiner Seite dreißig Giftfässer. Wir hatten also alles in allem genau sechzig, wenn Espen nicht noch mehr gefunden hatte.

Das hatte er nicht. Zusammen untersuchten wir die Reihen von roten Fässern weiter hinten in der Halle, aber mehr Gift war nicht zu sehen.

»Da haben wir's doch tatsächlich geschafft!«, sagte er und

gähnte. Ich sah, wie klein seine Augen geworden waren, er war ganz einfach hundemüde.

»Wir hauen gleich ab«, sagte ich. »Aber eins will ich noch herausfinden, wo ich schon mal hier bin, nämlich wie dieses berühmte Gift überhaupt aussieht! Das kann vielleicht noch mal nützlich sein.«

»Sei vorsichtig!«, mahnte er.

Ich nickte. Ich hatte vor, verdammt vorsichtig zu sein.

Das erste Problem war natürlich, auf die Fässer zu klettern. Ich konnte ja keines der untersten öffnen, solange zwei volle Fässer auf der Öffnung standen. Und gab es überhaupt eine Öffnung? Das konnte ich auch nicht sicher wissen. Fässer konnten schließlich auch auf dieselbe Weise verschlossen werden wie Konservendosen.

Eine Leiter war nicht zu sehen. Auch kein Werkzeug, und ich würde sicher welches brauchen. Ich bat Espen, eine Zange oder so was zu suchen, während ich zwei leere Fässer heranrollte, um mir eine Treppe zu bauen. Es war keine schwere Arbeit, aber es dauerte lange, weil ich so vorsichtig sein musste. Leere Fässer poltern noch mehr als volle – und natürlich durfte kein Getöse hier im Lager zu hören sein. Auch wenn die Produktion in der anderen Halle einen Höllenlärm machte, so nahm ich doch an, dass die Arbeiter da draußen es sehr gut hören würden, wenn leere Stahlfässer hier auf dem Betonboden herumkugelten. Ich stellte zwei Fässer auf den Boden und konnte mit viel Müh und Not einen Kasten daraufheben. Es war immer noch weit bis ganz oben, aber ich war im Klettern allmählich gut trainiert. Das Gewicht der Fässer würde sie stabil bleiben lassen, ich könnte mich nach oben ziehen.

Ich ging Espen suchen. Ich fand ihn unter der Wendeltreppe, wo er in einer öldurchtränkten Pappschachtel herumwühlte.

»Was gefunden?«

»Bloß eine Rohrzange. Aber die ist riesig.« Er zeigte neben sich auf den Boden.

Die Rohrzange war wirklich riesig. Aber ich nahm sie wortlos und ging zu meiner Treppe zurück. Es lohnt sich nicht, sich über das Werkzeug zu beklagen, solange ich nicht gesehen habe, was ich damit machen werde, dachte ich. Die Zange wog so ungefähr zwei Fässer und ich musste sie einfach auf den Kasten legen, ehe ich mich auf das oberste Fass schwang. Das zitterte einen Moment lang ein wenig. Und glücklicherweise hatte das Fass eine Öffnung, und die Öffnung war mit einem Schraubbolzen aus Messing von der Größe meiner Faust verschlossen. Das bedeutete, dass ich sie mit der Rohrzange öffnen könnte. Espen stand unten und starrte gespannt zu mir hoch.

»Geht's?«

»Glaub schon«, sagte ich und setzte die Zange an. »Wenn das bloß nicht zu fest zugedreht ist.«

Aber das war es. Ich setzte all meine Kräfte ein, aber für diese Situation schien ich einfach nicht kräftig genug zu sein.

»Soll ich dir helfen?« Espen sah wohl, dass ich langsam blau anlief.

»Hat keinen Zweck«, stöhnte ich. »Zwei Mann können die Zange nicht fassen.«

Und so wäre ich fast Hals über Hintern auf den Beton unter mir gefallen. Denn plötzlich hatte der verdammte Messingverschluss beschlossen, doch mal ein bisschen nachzugeben. Ich legte die Zange weg und drehte mit den Händen weiter, aber da hatte ich den Verschluss unterschätzt.

Ich musste die ganze Zeit die Zange benutzen, bis der Bolzen sich schließlich schön auf die Seite legte.

Es war überhaupt nichts zu sehen. Ein schwarzes Loch!

»Schmeiß mal ein Stöckchen oder so was rauf«, flüsterte ich zu Espen hinunter. Er zog sein Taschenmesser hervor und nach zwei Versuchen konnte er einen langen Span von einem Brett im Kasten unter mir absäbeln.

»Gut!« Ich nahm den Span und schob ihn ins Loch. Spürte zähen Widerstand. Als ich ihn wieder herauszog, klebte daran eine zähe, buttergelbe Masse.

Ich begriff überhaupt nichts. Soviel ich sehen konnte, war das derselbe Stoff, den wir durch das Dachfenster in der Produktionshalle gesehen hatten. Ich schaute durch den Zwischenraum an den Fässern hinunter, aber nein – ich hatte mich nicht geirrt. Das Fass war klar und deutlich als »Gift« ausgezeichnet. Ich drehte den Verschluss wieder zu und kletterte zu Espen hinunter; in einer Hand den Holzspan, in der anderen die Rohrzange.

»Sieh dir das mal an!«

»Aber du hast ja die falsche Tonne erwischt«, sagte er verzweifelt. »Das ist doch kein Mott!«

»Sicher?«

»Neunundneunzig Prozent. Ich war mit Gerd im Natur & Jugend-Büro. Die haben Mottproben. Das sieht aus wie Öl.«

»Ich bin auch sicher«, sagte ich. »Wollte bloß hören, was du meinst. Und noch was: Ich hab *nicht* das falsche Fass erwischt! Na los! Wir sehen uns mal ein Fass auf der anderen Seite an.«

Er half mir die Fässer rüberzurollen, deshalb ging es diesmal schnell. Neues Fass, neue hoffnungslose Messingschraube, neuer Span.

Aber diesmal hatte ich das Gefühl den Span in Öl zu stecken. Der Stoff, der danach daran klebte, sah auch aus wie Öl. Aber er stank nach Tod und grünen Erbsen. Ich war völlig davon überzeugt, dass Mott so und nicht anders roch.

Und als ich unten auf dem Boden stand und die beiden Holzspäne in ein Stück Plastik einpackte, das ich gefunden hatte, ging mir auf, dass ich mich wahrscheinlich in meinem ganzen Leben noch nicht so verwirrt gefühlt hatte.

Warum machten sich die Leute hier in der Fabrik die Mühe Verkaufsware in Fässer zu packen, die mit »GIFT« beschriftet waren?

Aber ich hatte keine Zeit, noch länger darüber nachzugrübeln. Denn plötzlich begann das Tor sich mit Gepolter langsam aufzurollen. Und wir standen zwischen zwei Fassreihen mitten auf der Fahrbahn! Bei dem plötzlichen Krach hatte ich vor Schreck einen Luftsprung gemacht. Aber ich merkte gar nicht, dass ich wieder auf den Boden aufkam. Wahrscheinlich, weil meine Knie zu Pudding geworden waren.

Natürlich, dachte ich verzweifelt. Das wäre ja auch fast zu glatt gelaufen!

Großhändler Evensens Erbe

Jetzt im Nachhinein bin ich nicht mehr sicher, wie ich zwischen die Wand und die vorderste Fassreihe geraten bin. Espen muss mich mitgezogen haben. Denn als Nächstes erinnere ich mich, dass ich mich an die Betonwand presste, halb versteckt von einer öligen Taurolle und einigen Ketten, die von einem Stahlbolzen herunterhingen. Espen ging hinter mir in Deckung, sein Atem war wie schweres Keuchen. Plötzlich fuhr ein Windstoß durch die Toröffnung, die sich jetzt rasch vergrößerte, und ich bekam in der eiskalten Nachtluft eine Gänsehaut. Dann hörten wir einen Gabelstapler, der seinen Propanmotor aufheulen ließ, ehe er in ruhigem Tempo in die Halle gefahren kam. Auf der Gabel lag ein Stapel Pappschachteln, sie waren vom Regen draußen bespritzt, waren aber in diesem Dreckswetter auf keinen Fall lange gefahren. Wahrscheinlich hatte der Fahrer einfach eine Runde über den Hof gedreht, weil die Schachteln an diesem Ende der Halle gelagert werden sollten und weil es viel schwieriger wäre, sich von der Produktionshalle aus durch das ganze Chaos einen Weg zu suchen. Der Fahrer, ein Typ von etwa Mitte vierzig, drehte geübt das Lenkrad und hatte eine Fluppe zwischen den zusammengekniffenen Lippen stecken. Konzentrierte sich darauf, mit seiner Ladung nicht die Stahlfässer auf beiden Seiten zu berühren, und schaute nicht in unsere Richtung. Aber hinter dem Gabelstapler, in einen grauen Lagerkittel gekleidet, kam ein Glatzkopf mit einer Pfeife im Mund. Er hatte die Hände tief in den Kitteltaschen vergraben, blieb mit dem Rücken zu uns stehen und inspizierte offensichtlich die Fässer auf der anderen Seite des Mittelganges. Ich wagte nicht mit der Wimper zu zucken. Wenn er sich umdrehte, dann waren wir geliefert. Und während ich dastand und den Atem anhielt, ging mir erst richtig auf, wie kaputt und nervös ich war. Und wie fertig Espen, der jünger war als ich, sein musste. Jetzt den Rückweg übers Dach einzuschlagen wäre ganz einfach unverantwortlich. Und wenn diese beiden Paviane hier im Lager herumwuselten, dann müssten wir stocksteif hier stehen bleiben, bis es ihnen in den Kram passte, wieder nach draußen zu gehen, damit wir versuchen konnten über Wendeltreppe und Gehbrücke zu fliehen. Beim bloßen Gedanken daran drehte sich mir der Magen um. Und als der Mann im Lagerkittel eine dicke Rauchwolke ausstieß und langsam hinter dem Gabelstapler herzugehen begann, sah ich ein, dass es für uns nur eine einzige Möglichkeit gab, wenn wir nicht wie zwei Ölgötzen hier herumstehen wollten: das Tor. Zwar konnten weder Espen noch ich ahnen, wie es draußen aussehen würde, aber dieses Risiko mussten wir einfach eingehen. Unser ärgster Feind, der Mann mit dem Köter, war im Verwaltungsgebäude verschwunden. Das war zwar schon eine Weile her, aber trotzdem konnte er sich immer noch dort befinden. Vielleicht hatte er dort einen Ruheraum und machte seine Runden nur in regelmäßigen Abständen?

Können Menschen gegenseitig ihre Gedanken lesen? Ich weiß es nicht. Aber wenn es möglich ist, dann hatte der Mann im Lagerkittel wohl ein gewisses Talent dafür unter seiner blanken Schädeldecke sitzen. Denn kaum hatte ich mir diesen äußerst verlockenden Plan ausgedacht, da hörte ich, wie er mit schnellen Schritten auf uns zukam. Und noch ehe er aufgetaucht war und in stetigem Kurs auf eine gelbe Tafel mit zwei Gummidruckknöpfen rechts vom Tor zuhielt, wusste ich, dass Espen und ich dicht vor einer neuen Krise standen. Denn was dieser glatzköpfige Lagerfunktionär jetzt vorhatte, war natürlich, das Tor zu schließen. Und das wiederum bedeutete, dass er und der Gabelstaplerwicht hier noch eine Weile zu bleiben gedachten!

Vor zwei Jahren hatte mein Vater ein paar Wochen lang in einer Plastikfabrik außerhalb von Oslo gearbeitet. Einmal hatten Mutter und ich ihn nach Feierabend abgeholt. Hatten uns ein bisschen umgesehen, während Vater und ein paar andere warteten, dass es spät genug wäre, um ohne Lohnabzug die Stechuhr betätigen zu können. Und von dieser »Inspektionsrunde« her wusste ich, wie so ein Tor funktioniert. Wusste, dass beim Heben oder Senken die ganze Zeit der Finger auf dem Knopf bleiben musste, wenn man nicht riskieren wollte, irgendjemanden platt zu machen. Das bedeutete, dass unser Pfeifenraucher im Lagerkittel mit gezücktem Zeigefinger stehen bleiben würde, bis das Tor ganz unten wäre.

Und das wiederum bedeutete, dass ich, Peter Pettersen, handeln musste!

Ich informierte Espen im Telegrammstil über meinen Plan und bückte mich nach einem Kettenende auf dem Boden. Mein Plan war alt und ausgelutscht, vorgeführt in hunderttausend Actionfilmen und in ebenso vielen Büchern und Comics – aber ich hatte wirklich nicht die große Auswahl an Möglichkeiten, das Tor aufzuhalten, das sich dem Boden jetzt gefährlich zu nähern begann. Die Kette lag wie ein Ball in meiner Hand, ihr Gewicht war perfekt und in der Schule gehörte ich zu den besten Ballwerfern. Einen wilden Moment lang hätte ich die Kette am liebsten an den blanken Hinterkopf gepfeffert, überlegte es mir im letzten Moment jedoch anders und zielte stattdessen auf das Fass auf

133

der anderen Seite. Das traf sie von der Seite, ehe die Kette weiterflog und mit dumpfem Aufprall auf den Boden fiel. Ich hatte befürchtet, die Kette könnte nicht genug Krach machen, weil der Gabelstapler und das sich senkende Tor so laut waren, aber es gab wirklich keinen Grund zur Besorgnis. Bei diesem Lärm ließ der Mann den Knopf los, als ob er sich verbrannt hätte. Er fuhr herum und hätte fast die Pfeife aus dem Mund verloren. Dann ging er mit entschiedenem Schritt los und verschwand zwischen den roten Fassreihen.

»Jetzt!«, sagte ich zu Espen. Wir liefen zum Tor, das jetzt nur noch einen Meter vom Boden entfernt war, duckten uns und schlüpften hinaus – und spürten gleichzeitig den kalten Regen im Gesicht. Über dem Tor verbreitete eine Lampe scharfes Licht und ich zog Espen rasch aus dem beleuchteten Bereich.

»Gerettet«, wollte ich gerade flüstern, als wir den Höllenlärm hörten, den ein Rottweiler veranstalten kann, wenn er bloß wütend genug ist. Und dieses Exemplar seiner Art war wütend genug. Wenn zwischen ihm und uns kein Autofenster gewesen wäre, weiß ich nicht, was passiert wäre – obwohl ich glaube, es mir so ungefähr vorstellen zu können. In den wenigen Sekunden, in denen wir wie angewachsen dastanden, konnten wir sehen, wie dieses Riesenvieh die Zähne fletschte und wie es überhaupt im Auto Amok lief. Es kratzte mit seinen Vorderpfoten am Steuerrad und an der Türklinke herum und wollte raus und sich an minderjährige Einbrecher ranmachen.

Wir rannten los. Der Dreck spritzte nur so um uns auf. Wir rasten in die Dunkelheit und über die Felder auf den Waldrand und die Felskuppe zu, von der wir wussten, dass sie irgendwo dort lag. Der Regen peitschte und der Wind heulte wie ein ertrinkender Riese im Meer. Aber hinter mir hörte ich trotzdem eine Stimme, die »Halt!«, rief, und das Gekläff dieses verdammten Köters. Ich konnte mir vorstellen, was passiert war. Der Wächter, der offenbar doch keinen festen Aufenthaltsraum in der Fabrik hatte, war mit seinem Rundgang fertig und hatte sein Schoßtier in den Wagen gestopft, um vor dem Weiterfahren ein bisschen mit den Jungs zu quatschen. Das Gebell seines Tieres musste ihm verraten haben, dass irgendwas anlag, und deshalb war er auf den Parkplatz gestürzt. Wahrscheinlich hatte er uns gerade noch gesehen.

»Schneller!«, keuchte ich. »Wenn der sein Mistvieh loslässt, dann sind wir geliefert!«

Und ich dachte: Das macht er nicht. So wahnsinnig kann er nicht sein. So wahnsinnig kann er einfach nicht sein!

Aber die ganze Zeit wusste ich ja: Es waren schon ganz andere Leute von Wachhunden totgebissen worden, sogar ohne irgendwo eingebrochen zu sein. Neben mir sah ich Espens dunklen Schatten. Auch er rannte wie ein Besessener und ich hoffte bloß, er würde sich auf den Beinen halten können. Wir liefen über ziemlich glatten, ebenen Boden, ohne zu viele Büsche oder anderen Mist, aber andererseits – es gehörte nicht viel dazu, hier auf die Nase zu fliegen.

Wir erreichten die flachen Bergrücken, die das Eis vor Tausenden von Jahren glatt und eben geschliffen hatte. Wunderbar, darüber barfuß zu laufen, wenn die Sonne brannte, jetzt aber weniger angenehm. Das Wasser machte sie glitschig und wir hatten keine Zeit, nach dem Weg zu suchen.

Gerade hatten wir eine Rinne gefunden, die auf den Berg hinaufführte, als das Hundegekläff jählings verstummte. Ich wusste nicht so recht, was ich davon halten sollte, deshalb rannte ich einfach weiter. Espen hatte mich jetzt überholt, er schien besser als ich zu sehen, aber vielleicht kannte er sich auch einfach besser aus. Nach einigen Metern hörte ich ihn zufrieden vor sich hin knurren und ich konnte erkennen, dass der Boden fest und eben war. Wir hatten den Weg erreicht! Wenn der Wächter nicht durchdrehte und seinen Hund laufen ließ, dann würde alles glatt gehen. Ich würde diesmal garantiert nicht vergessen den Benzinhahn aufzudrehen!

Als wir endlich den Weg erreicht hatten und auf das Moped zuhielten, war ich so fertig, dass ich fast losgekotzt hätte. Vor mir schwankte Espen hin und her.

Wir erreichten den kleinen Wendeplatz und das Moped tauchte vor uns auf. Espen zögerte keine Sekunde, er blieb nicht einmal stehen, trat bloß den Ständer weg und setzte sich auf den Sitz, bückte sich, drehte den Benzinhahn auf und trat die Karre an.

Und in dem Moment, als der Motor aufheulte und mein linkes Bein schon in der Luft hing, weil ich auf den Gepäckträger aufspringen wollte, flog der verdammte Köter wie ein Torpedo aus Fleisch und Blut aus dem Wald. Seine Beine bewegten sich unter ihm wie die Trommelstöcke und er hielt voll auf mich zu.

Ich war ganz sicher, dass ich jetzt sterben würde. Soweit ich sehen konnte, gab es einfach keine Möglichkeit, das zu überleben, was jetzt kommen würde. Mit einem Sprung war er auf mir, seine Pfoten trafen meine Brust und ich wurde auf den Rücken geworfen. Nasses Gras um mich herum. Geruch von nassem Hund in beiden Nasenlöchern. Jetzt kommen sie, Peter Pettersen! Jetzt kommen die gelbweißen Zähne und reißen dich in Fetzen. Seltsamerweise verging mir die Angst und ich blieb mit fest zusammengekniffenen

Augen liegen, während ich Mutter vor mir sah. Ja, Mutter! Ausgerechnet Mutter saß da und schaute in die Glotze.

»Na los!«, hörte ich Espens dünne Stimme durch den Motorenlärm. »Der kann dir nichts tun!«

Ich schlug die Augen auf und hätte vor Erleichterung fast losgeheult. Das Riesenviech wuselte um mich herum und grunzte wie besessen, während es versuchte seine Schnauze aus einem soliden Stahlgitter zu befreien. Natürlich! Diese Hunde waren als Wachhunde zu gefährlich, wenn sie nicht auf diese Weise geknebelt wurden! Im Wagen war seine Schnauze nackt gewesen – deshalb hatten wir ihn so deutlich gehört. Aber als der Wächter die Jagd nach uns aufgenommen hatte, hatte er nicht das Risiko eingehen wollen, seinen Köter einfach so loszulassen. Deshalb dieser Maulkorb. Wahrscheinlich gab es Regeln für die Verwendung solcher Tiere, sicher gehörte sehr viel dazu, ehe sie einfach mit freiem Gebiss auf die Menschheit losgelassen werden durften. Als ich mich erhob, fiel er sofort wieder über mich her, aber ich versetzte ihm einen kräftigen Tritt in die Seite und sprang hinter Espen auf das Moped. Er gab Gas und unsere Karre sprang vorwärts und auf den Weg.

Nach einem Kilometer fing der Hund an mir Leid zu tun. Sein Blick, der vor kurzem noch wütend und voller Verzweiflung gewesen war, wurde immer leerer. Die ganze Zeit hatte er uns dicht am Hintern gehangen, nun aber fiel er langsam zurück. Und als wir um eine Kurve bogen und es plötzlich ziemlich steil abwärts ging, hatten wir gesiegt. Irgendwo weit, weit hinter uns saß vielleicht der Wächter auf einem Stein und rauchte sich eins. Aus irgendeinem Grund hoffte ich, dass er das klitschnasse Tier nett empfangen würde, wenn es sich endlich zu ihm zurückgeschleppt hatte.

Der Prof und Gerd saßen in Lotusstellung auf einem Bett und glotzten uns an. Glotzten ist das richtige Wort. Zwei blöde Blicke voller Unglauben und Verwunderung. Um sie herum lagen Haufen von Papier und auf dem flachen Tisch standen zwei dampfende Teetassen.

»Meine Güte!«, sagte Gerd schließlich. »Ihr seht ja vielleicht aus!«

Zum ersten Mal, seit wir hereingekommen waren, blickte ich an mir hinunter. Klitschnass. Ölflecken auf der Hose. Die Stiefel voller Matsch.

Espen hatte kein Öl abbekommen, ansonsten sah er genauso schrecklich aus.

»Wie gut, dass *ich* diese Woche waschen muss«, sagte Gerd und konnte den Blick gar nicht von der Hose ihres Bruders abwenden. »Sonst wäre es unmöglich, den anderen das zu verheimlichen.«

Ich war froh, dass sie nicht herumpöbelte.

»Gibt's noch mehr von dem Stoff?« Ich zeigte auf die Teetassen.

»Natürlich«, sagte Gerd und lächelte. »Aber schmeißt erst mal die nassen Fetzen ab.«

Ich hatte jetzt nicht viele Hemmungen, wenn es darum ging, mich auszuziehen. Die Hose war mit einem Ruck weg, dann kroch ich in den wartenden Schlafsack und bekam einen Becher heißen Tee in die Hand gedrückt. Espen verkroch sich im Schlafsack vom Prof.

»Erzählt!«, sagte der Prof gespannt. »Das scheint ja nicht so ganz nach Plan gelaufen zu sein?«

»Das war ja das Problem«, sagte ich genervt. »Dass es nicht möglich war, im Voraus einen Plan zu machen.«

»Wir haben die ganze Zeit auf ein Signal von euch gewartet«, sagte Gerd.

»Wir hatten was anderes zu tun«, antwortete ich und merkte, wie genervt ich wirkte. Fügte hinzu: »Tut mir Leid, aber wir sind einfach so kaputt, dass sich alles dreht. Oder, Espen?«

Espen gab keine Antwort. Er war mit dem Kopf in Gerds Schoß eingeschlafen.

»Um Gottes willen«, sagte ich. »Lasst ihn bloß schlafen. Er ist schließlich der Held des Abends!«

Und dann erzählte ich von unserer Sache bei CIH.

»Ich kapier das nicht!«, sagte Gerd, als ich fertig war. »Das klingt doch total beknackt!« Sie blickte auf das Plastikstück, auf dem die Späne lagen. Einer eingeschmiert mit dem butterartigen Stoff, der andere voll Mott. Beide aus Tonnen, auf denen »GIFT« stand.

»Ja«, sagte ich und goss mir mehr Tee ein. »Und ihr braucht mich nicht zu fragen, ob ich sicher bin, dass auf beiden Tonnen ›GIFT‹ stand. Ich bin sicher!«

Der Prof, der bisher sozusagen den Mund noch nicht aufgemacht hatte, schüttelte den Kopf und sagte: »Höchst verwirrend, die ganze Geschichte. Aber die Lösung solcher scheinbar unmöglichen Rätsel ist normalerweise ganz einfach. Fast immer ist die Lösung so glasklar, dass wir sie nicht sehen, weil wir sie die ganze Zeit direkt vor der Nase hatten. Und ich, das heißt Gerd und ich, haben heute Nacht auch etwas gefunden, das vielleicht wichtig sein kann.«

»Ich dachte, bei Inchem wäre alles erste Sahne gewesen?«, sagte ich.

»Ja, schon – das war es auch. Wir haben die heiße Spur auch nicht bei Inchem gefunden. Sondern hier.«

»Hier?« Ich schaute mich um.

»Auf dem Dachboden«, erklärte Gerd.

»Das Erbe von Großhändler Evensen«, verkündete der Prof dramatisch und warf mir ein Bündel vergilbter Papiere zu. Ich blätterte darin herum. Unbegreifliche Krähenfüße und etwas, das aussah wie technische Zeichnungen.

»Weißt du noch, dass ich gesagt habe, ich hätte irgendwas gehört oder gelesen, was vielleicht mit dieser Verschmutzungsgeschichte im Fjord zu tun hätte, und könnte einfach nicht daraufkommen?«

»Ja. Und du hast gedacht, es hätte mit Großhändler Evensen zu tun«, sagte ich eifrig.

»Stimmt. Und ich hatte Recht. Denn mitten in all seinen anderen Verrücktheiten hatte Evensen auch noch ein größeres Projekt. Ich hab an verschiedenen Stellen Notizen dazu gefunden, aber die Blätter, die du da hast, bringen eine ausführliche Beschreibung.«

»Noch eine hirnrissige Erfindung?«, fragte ich.

»Ja, gewissermaßen. Hirnrissig würde ich sie allerdings nicht nennen, denn sie zeigt, dass dieser Evensen ein seltsamer Mann gewesen war, in mancher Hinsicht seiner Zeit voraus. Solche Leute werden immer als Trottel betrachtet und ...«

»Schon gut«, unterbrach ich ihn. Schließlich wusste ich auch, was dem Ersten passiert war, der behauptet hatte, die Welt sei rund. »Worum geht es denn nun wirklich?«

»Vor allem um Ideen, aber er hat auch versucht ganz konkrete Lösungen für technische Probleme beim Bau einer Art Gezeitenkraftwerk aufzuzeichnen!«, sagte der Prof.

»Von einem Gezeitenkraftwerk?«

»Ja. Oder genauer gesagt, von einem Kraftwerk, in dem der selige Evensen versuchen wollte die gewaltigen Kräfte zu zähmen, die in etwas so Schlichtem und Alltäglichem wie den Gezeiten liegen.«

»Meine Fresse!«, sagte ich. »Was für ein Typ!«

»Ja. Und sieh her!« Der Prof beugte sich vor und wühlte in den Papieren, zog eine handgezeichnete Karte hervor. »Siehst du, was das hier vorstellt?«

Das tat ich. Es war eine Karte von Steinsundfjord und Umgebung, die genau so aussah wie die, die Gerd gezeichnet hatte.

»Er dachte nämlich die ganze Zeit an den Steinsundfjord, als er diese Entwürfe gemacht hat«, sagte sie. »Das steht hier schwarz auf weiß, oder jedenfalls braun auf gelb.«

»Hier!«, zeigte der Prof. »Weil der Sund zwischen Fjord und Meer so schmal ist, bildet sich hier, wo das Gezeitenwasser aus- und einströmt, eine sehr starke Strömung, klar?«

»Klingt einleuchtend«, antwortete ich. »Und diese Kräfte wollte er natürlich unter Kontrolle bringen.«

»Genau. Ich hab ja keine Ahnung, ob er auf der Spur von einer Sache war, die auch in der Praxis hinhauen könnte, aber es steht ja fest, dass die Idee nicht so daneben war. Im Grunde ist das Prinzip ja dasselbe, ob man die Turbinen nun im Meer oder in einem Wasserfall anbringt. Bloß strömt das Wasser hier in beiden Richtungen. Bei Flut rein, bei Ebbe raus.«

»Alles klar«, sagte ich. »Ich bin beeindruckt. Aber was in Dreikuckucksnamen hat das mit dem verschmutzten Fjord zu tun?«

»Vielleicht ziemlich viel – und vielleicht gar nichts«, meinte der Prof leichthin. »Aber merk dir eins: Die höchsten Mottkonzentrationen sind ganz unten im Fjordwasser gefunden worden. Oder in den so genannten ›Sedimenten‹, den Proben vom Boden, also von dem, was gesunken ist und sich schichtweise auf dem Fjordboden abgelagert hat.«

»Die Proben vom Boden!«, sagte ich.

»Das ist alles natürlich, weil Mott ja schließlich mehrere Schwermetalle enthält. Begreifst du, worauf ich hinauswill?«

»Nein.«

Der Prof seufzte resigniert, wie ein Lehrer mit einem reichlich dumpfen Schüler. »Dieses Gift kann schon seit langer Zeit in den Fjord gekommen sein, Peter! Nach und nach – nicht durch massive Freisetzung. Und dass das Giftbild heute so aussieht, kann ganz einfach mit der schmalen Rinne zusammenhängen und mit der verdammten Schwelle, die den Fjord zum Meer hin absperrt und zu einem Kessel macht.«

Nun kapierte ich endlich. Es überkam mich wie ein Blitz. »Das Gift kann mit der natürlichen Meeresströmung in den Fjord geschwemmt worden sein, durch den Sog, der beim Gezeitenwechsel entsteht.«

»Genau. Nach und nach, wohlgemerkt. Nicht viel auf einmal, vielleicht. Aber das Resultat ist im Laufe einiger Jahre diese verdammt hohe Giftkonzentration im Fjord geworden, weil das Gift sich auf dem Fjordboden abgelagert hat und nur in ganz geringem Grad wieder ins Meer hinausgespült worden ist.«

»Aber die Proben«, wandte ich ein. »Die Proben aus dem Meer vor der Fjordmündung?«

»Das Muster stimmt«, antwortete der Prof. »Das Fahrwasser vor der Fabrik ist sauber, das beweist die Fischfarm. Die Strömung führt aber südwärts und aufs Land zu und weiter südlich finden wir Giftkonzentrationen. Geringe zwar, aber sie sind da. Vielleicht ist der geringe Wert stabil, vielleicht variiert er auch ziemlich stark – das wissen wir nicht. Schließlich sind da draußen trotz allem nur zufällige Proben entnommen worden, niemand hat gedacht, dass regelmäßige Überprüfung wichtig sein könnte. Es ist auch möglich, dass die niedrige Giftkonzentration da draußen ausreicht, um den Steinsundfjord langsam, aber sicher in einen Giftkessel zu verwandeln.«

»Aber verdammt«, sagte ich. »Wenn du damit Recht hast, Prof, dann muss doch das Gift, also die Quelle dieser Schweinerei, irgendwo draußen im Meer liegen?«

»Just so«, sagte der Prof und gähnte. »Und jetzt will ich schlafen.«

Der Mann mit dem weißen Telefon

Am nächsten Tag zogen wir auch Gerd in die Illegalität. Das heißt, der Prof und ich versuchten ihr klarzumachen, dass wir die erste Wache bei der Lade- und Löschanlage in Eyhavn übernehmen könnten, aber ihr Blick ließ uns schnell verstummen. Sie tat allerdings so, als wollte sie zur Schule radeln, um allzu viel Nerverei am Frühstückstisch zu vermeiden. Aber wir wussten, dass sie uns unten an der Kreuzung erwarten würde, wenn wir zwei »Tagediebe«, wie wir idiotischerweise genannt wurden, etwas später »zufällig vorbeikommen würden«. Espen war auf natürliche Weise ausgeschaltet worden, er lag mit Fieber im Bett, strahlte aber wie ein Honigkuchenpferd. Ich ließ ihn nicht vergessen, dass er letzte Nacht die Hauptrolle gespielt hatte. Was bei Inchem zwischen Gerd und dem Prof geschehen war, konnte ich einfach nicht aus ihnen herausholen, aber der Prof wirkte jedenfalls zerstreut und zufrieden, um es mal so zu sagen.

Unser Hauptproblem war natürlich, dass wir nicht wussten, wann die Fässer auf die *Francesca* gebracht werden sollten. Nachdem wir das diskutiert hatten, fanden wir, dass es sicher nicht viel bringen würde, die Leitung der CIH anzurufen und danach zu fragen. Wir konnten nicht behaupten, wir wären eine Bande von Teenies, die einfach scharf wäre auf Laden und Löschen, und als Presseleute konnten wir uns auch nicht ausgeben. Wenn an dieser Ladung etwas faul war, dann würde bei CIH der Alarm losgehen und wir konnten riskieren die ganze Sache zu ruinieren.

Die Alternative war, die *Francesca* und den Kai im Auge zu behalten, bis etwas passierte. Und uns war restlos klar, dass das ein ziemlich harter Job werden würde. Das Wetter war während der Nacht nur immer noch übler geworden und der Pfeil auf dem Barometer in der Küche wippte bei Sturm hin und her. Der Regen, der gegen die Fensterscheiben prasselte, kam waagerecht vom Meer herein.

»Wo ist denn das Fahrrad?« Der Prof schaute sich suchend um. Gerd stand in voller Regenkleidung an der Kreuzung und hüpfte auf und ab, um sich warm zu halten.

»Im Gebüsch versteckt.« Sie schaute auf die Uhr. »Der Bus kommt bald.«

»Fährt der bis zum Hafen?«, fragte ich. Ich hatte zwar von Daniel eine Regenjacke leihen können, aber meine Beine waren dem Regen ausgeliefert.

»Ja, der Bus hält an der Brücke. Alte Gewohnheit. Da unten passiert doch überhaupt nichts mehr, abgesehen vom Laden und Löschen für die CIH. Nur mitten in der Saison ist in Eyhavn der Bär los. Tanz auf der Brücke für Hobbysegler aus Oslo.« Sie lachte. »Alkohol am Steuerruder und Ziehharmonika von der Kassette. Und gefrorene Krabben aus Grönland.«

Der Bus kam und wir setzten uns ganz hinten hin. Wir waren die einzigen Fahrgäste.

Eyhavn war sicher irgendwann einmal ein lebhafter Ort gewesen. Irgendwann hatten hier Menschen gewohnt und gearbeitet. Ich sah vor mir in den engen Gassen zwischen den schiefen weißen Häusern eilige Fischer und Seeleute, Segelschiffe am Kai, Kinder und Hunde. Aber jetzt war diese Zeit vorbei. Die weißen Häuser waren zwar in gutem Zustand, hatten Gärten und Gartenzäune – aber trotzdem wirkten sie irgendwie tot. Vielleicht lag das daran, dass kein Mensch zu sehen war und dass ich wusste, dass fast alle Häuser von Leuten gekauft worden waren, die es toll fanden, hier im Sommer einige Wochen zu verbringen, weil sie den Rest des Jahres in einem muffigen Büro in Oslo oder Drammen oder so sitzen mussten.

Eyhavn war ein Ferienort, und nun schien kein Mensch hier zu sein, denn alle anderen außer dem Prof und mir waren in die Stadt zurückgefahren, nachdem Pfingsten auch in diesem Jahr schon wieder der Vergangenheit angehörte. Unten am alten Kai lagen ein paar Plastikboote und bewegten sich im Wind, und an einem Fahnenmast hatte irgendwer eine zerfetzte und ausgebleichte norwegische Flagge vergessen. Sonst konnte nichts darauf hinweisen, dass hier in letzter Zeit Menschen gewesen waren. Außer den Mülltonnen, natürlich. Sie waren nach der Abreise der Pfingstgäste noch nicht geleert worden und nun waren sie ausgebeult von Konservendosen, Schnapsflaschen und anderem Mist. Eine war ein wenig vom Winde verweht worden; ihr Inhalt hatte sich über den Asphalt verbreitet. Ein paar zerzauste Möwen suchten zwischen Apfelsinenschalen und Kartoffelchipstüten herum, aber sie schienen bei ihrer Jagd auf hinterlassene Leckerbissen kein besonderes Glück zu haben.

»Ist das hier wirklich so öde, wie es aussieht?«, fragte der Prof. »Niemand wohnt mehr richtig hier?«

»Doch.« Gerd zeigte auf zwei runde Bergrücken auf der anderen Hafenseite. »Dahinter liegt eine Wohnsiedlung. Aber die arbeiten alle in Steinsund. Letzten Winter hat der Laden hier dichtgemacht. Jetzt hat er noch von Mittsommer bis August geöffnet. In Eyhavn selber wohnt nur der alte Reinsvik. Er kümmert sich um den Hafen und das Lager.

Kriegt wohl von der CIH eine Art Gehalt und bessert damit seine Rente ein bisschen auf. Der totale Stressjob kann das jedenfalls nicht sein.«

Das Haus von diesem Reinsvik war nicht besonders schwer zu finden, denn es war das einzige Haus, in dem die Fenster erleuchtet waren. Es lag ganz dicht beim Meer und war mit grauen Eternitplatten verkleidet. Total hässlich, aber sicher wärmer als die alten Schifferhäuser der Reichen aus der Hauptstadt. Hinter einem langen, flachen Lagerhaus und am Lager entlang verlief ein verhältnismäßig neuer Betonkai. Es war nicht schwer zu erraten, wo die *Francesca* anlegen würde.

»Bist du sicher, dass sie heute laden will?«, fragte ich. »Bisher ist ja noch nicht viel von ihr zu sehen.« Ich achtete genau darauf, dass ich von dem Schiff als »sie« sprach. Das klang irgendwie zünftiger.

»Reg dich ab«, sagte Gerd. »Sie kommt und die Fässer kommen. Das hab ich schwarz auf weiß gesehen. Dass die *Francesca* noch nicht hier ist, spielt keine Rolle. Sie ist sicher noch in den Häfen weiter oben und löscht anderes Stückgut. Aber sie kommt. Ich hab mir eine Stelle überlegt, die für uns beim Warten als Hauptquartier fungieren kann. Wir können schließlich nicht hier stehen bleiben. Nicht ohne Taucheranzug jedenfalls.«

Sie führte uns auf einen Waldweg und zu einer Lichtung, auf der irgendwann einmal ein kleiner Hof gelegen hatte. Das Wohnhaus war entweder abgebrannt oder abgerissen worden, nur die Grundmauern waren übrig, umkränzt von Nesseln und Gestrüpp. Aber die Scheune stand noch so einigermaßen aufrecht. Ein graues Haus mit eingefallenem Dach, zerbrochenen Fenstern und fehlenden Dachschindeln. Vor dem Haus lag ein Felsen als Windschutz.

»Wir können doch nicht in der Scheune warten!«, sagte ich.

»Kennst du dich hier aus oder ich? Oben auf dem Dachboden gibt es direkt unter dem Giebel eine Luke. Da oben haben wir die Aussicht, die wir brauchen.« Sie sah mich streng an. »Oder willst du lieber auf dem Berg Wache halten, wo alle dich sehen können und wo du pro Stunde fünfhundert Liter Wasser in den Hals kriegst?«

Wir folgten ihr durch das kniehohe Gras.

Wir machten es uns auf dem Dachboden so gemütlich wie möglich. Anders als der Dachboden auf dem Hof war dieser schon vor langer Zeit leer geräumt worden. Alles, was es hier an brauchbaren Werkzeugen und Dingen gegeben hatte, war entfernt worden. Eine dicke Schicht aus Staub und Strohresten bedeckte den Boden. Wir fegten den ärgsten Dreck an eine der schrägen Wände unter dem Dach und setzten uns. Von hier aus konnten wir durch die offene Luke am anderen Ende des Raumes schauen, durch die Wind und Regen hereintobten. Warm war es hier oben nicht, aber es war tausendmal besser als draußen.

»Alles klar«, sagte der Prof und zog ein Kartenspiel aus der Tasche. »Jetzt können wir nur noch warten. Aber das kann verdammt lange dauern und ich finde es nicht korrekt, die Leute auf dem Hof schwitzen und sich das Schlimmste vorstellen zu lassen, wenn wir nicht aufkreuzen.« Er sah mich direkt an. »Wir beide haben denen ja schon genug Ärger gemacht.«

»Stimmt.« Gerd nahm dem Prof die Karten ab und fing an sie mit flinken Händen zu mischen. »Ich gehe zur üblichen Zeit nach Hause, wenn die Schule aus ist. Zum Mittagessen – und dann lege ich die Karten auf den Tisch.

Ich sage ganz einfach, dass wir eine Spur verfolgen und dass es spät werden kann.«

Der Prof runzelte die Stirn. »Ist das nicht riskant? Wenn die sich nun total quer legen!«

»Tun sie nicht. Außerdem seid ihr ja schon hier und ich werde nicht alle Karten auf den Tisch legen, werde nicht verraten, dass die Kiste in Eyhavn stattfindet!« Sie beugte sich vor und fasste nach seiner Hand. Er sah mich rasch von der Seite an und ich schaute in eine andere Richtung. »Diese Leute haben nur vor einem Angst, Prof, nämlich dass wir bei diesem Wetter mit dem Boot unterwegs sein könnten. Alles andere nehmen sie gelassen hin, wenn ich nur vorher Bescheid sage.«

»Super«, sagte ich. »Dann ist das erledigt. Whist oder Skaramusch?«

»Poker«, sagte der Prof.

Gerd und ich stimmten zu. Poker passte irgendwie am besten zu dieser Situation. Wenn wir die Runde verlieren würden, die heute an die Reihe kam, dann würden wir ziemlich gerupft dastehen.

Der erste Lastwagen mit Fässern kam, als Gerd nach Hause gefahren war. Der Wagen kam von Inchem und er war mit den fünfzehn blauen Fässern beladen, die Gerd und der Prof in der letzten Nacht gefunden hatten. Der Fahrer lud sie selber mit Hilfe eines elektrischen Krans ab und ließ sie auf der Brücke stehen. Etwas entfernt stand ein Alter in Regenzeug und sah sich alles an, das war wohl dieser Reinsvik.

»Was meinst du?«, fragte der Prof.

»Dass die Fässer da völlig korrekt sind. Voll Mott, der nach Deutschland soll, genau wie Aby gesagt hat. Überhaupt nichts Geheimnisvolles daran.

»Hoffentlich kommt bald die Karre von der CIH.«

»Tut sie. Da kommt sie schon angefahren.«

Das stimmte. Zwei voll gepackte Lastwagen fuhren im ersten Gang den Hang hinunter und auf den Kai zu.

»Hoffentlich laden die erst, wenn es dunkel ist«, sagte der Prof. »Auf diese Fässer möchte ich schrecklich gern einen Blick werfen.«

»Ach ja? Du vertraust Peter Pettersen wohl nicht so recht?«

»Natürlich vertrau ich dir. Aber gestern hattest du es doch eilig, nicht wahr?«

»Doch. Wieso?«

»Ich bin sicher, dass die Giftfässer, die echten Giftfässer, auf irgendeine Weise gekennzeichnet sind. Wenn nicht, dann blick ich überhaupt nicht mehr durch. Also muss ich versuchen sie mir anzusehen.«

Davon kapierte ich nun wirklich nicht viel, hielt aber die Klappe.

Hat keinen Zweck herumzunerven, wenn der Prof in seinen Grübeleien versinkt. Allerdings musste ich einfach vor Überraschung losbrüllen, als ich mich gerade vom Fenster abwenden wollte.

»Das Fernglas, Prof, gib mir das Fernglas!«

»Was ist denn los?« Er gab mir das Fernglas.

»Heißa, heißa, nun wird's hier wirklich spannend!«

Ich kapierte den Zusammenhang zwar nicht, aber dass ich eine mir inzwischen sehr gut bekannte Person vor der Linse hatte, war über jeden Zweifel erhaben. Er war in einem ölverschmierten Overall mit CIH auf dem Rücken aus dem Führerhaus des letzten Wagens geklettert. Hier in dieser Gegend liefen sicher nicht allzu viele Leute mit mehrfarbigen Haaren herum. Der Fahrer von einem dieser

Wagen war tatsächlich der Knabe mit dem weißen drahtlosen Telefon.

Ich reichte dem Prof das Fernglas. »Sieh dir mal den
Fahrer an. Den letzten. Und erzähl mir, wo wir ihn schon
einmal gesehen haben.«

Der Prof wieherte. »Die Welt ist klein. Ich hatte das auch
im Gefühl …«

»Du, Prof, ich hab vergessen dir etwas zu erzählen …«

Er hörte sich, ohne mich zu unterbrechen, an, was ich
auf dem Berggipfel bei Inchem gesehen hatte.

»Ja, ja«, sagte er, als ich fertig war. »Dass der Typ in diesem Schauspiel eine Rolle spielt, steht jedenfalls fest. Aber
welche Rolle spielt er? Warum zum Kranich wollte er an
dem Morgen bei Natur & Jugend herumspionieren?«

»Das Interessante ist doch, *wem* er Bericht erstattet«, sagte
ich. »Das machte er doch gerade, als ich meine Birne über
die Kante schieben wollte. Der Leitung der CIH?«

»Kann sein. Schließlich arbeitet er ja da.«

»Irgendwas stimmt hier aber nicht«, sagte ich genervt.
»Vom Zug aus neulich hat er doch bestimmt nicht die CIH-
Leitung angerufen!«

»Hier stimmt ganz schön viel nicht«, sagte der Prof. »Aber
jetzt fangen sie da unten wenigstens mit dem Ausladen an.«

Die CIH-Wagen hatten vier Helfer mitgebracht und nun
machten sie sich an die Arbeit, während der Inchem-Heini
weiterhin den Kran lenkte. Die beiden anderen Fahrer
rauchten zusammen mit Reinsvik eine Zigarette.

»Spielen wir noch 'ne Runde«, sagte ich. »Fürs Abladen
brauchen die mindestens eine Stunde. Außerdem ist das
Schiff ja noch nicht gekommen, also laufen uns die Fässer
nicht weg.«

Mit dem Prof zu pokern ist gar nicht leicht. Wenn ich

sein Gesicht über dem Rand der Karten sehe, begreife ich, was der Ausdruck »Pokergesicht« bedeutet. Keine Bewegung. Nichts, was verraten könnte, ob er mit null und nichts dasitzt oder mit full house. Ich hatte fünf Runden am Stück gewonnen, aber nun schien sich das Glück zu wenden. Der Prof hatte im Laufe der letzten Runde meinen Streichholzhaufen schon gewaltig verkleinert. Ich hatte gerade zwei niedrige Herzen abgeworfen und wollte um neue Karten bitten, als ich es hörte. Das Geräusch von Schritten unter uns. Ich sah auf die Uhr und gab dem Prof mit dem Zeigefinger ein Zeichen. Halb vier. Gerd konnte noch nicht zurück sein. Der Prof legte den Kopf schräg und horchte. Ich stand auf und ging vorsichtig zur Luke hinüber. Unter mir sah ich das hohe Gras. Ich konnte unsere Spuren sehen, aber ich konnte auch noch andere Spuren entdecken. Auch sie kamen vom Waldweg, aber die betreffende Person war über die Wiese weiter unten gegangen. Das Ziel jedoch war dasselbe: die Scheune, wo der Prof und ich um Streichhölzer pokerten.

Ein Fremder bekommt einen Namen

Irgendwo im Haus wurde regelmäßig Holz gegen Holz geschlagen, aber dieses Geräusch gehörte hierher, wir hatten uns in mehreren Stunden des Wartens daran gewöhnt. Es konnte ein lockeres Brett im Dach oder ein verrotteter Fensterrahmen sein, mit dem der Wind spielte. Aber der Klang einer Stimme mitten in diesem sturmumtosten Haus gehörte ganz entschieden nicht hierher. Nicht, wenn der Prof und ich die Klappe hielten. Dennoch gab es gar keinen Zweifel. Unten sprach jemand. Schritt für Schritt schlichen wir uns zur Treppe, die nach unten führte. Ich erreichte die Kante und die oberste Stufe und hatte Aussicht auf ein Quadrat des Bodens unter mir. Zerbrochene Dachschindeln, eine Rolle Draht, Teile einer kaputten Obstkiste. Nichts, was eine Stimme haben könnte. Dennoch hörten wir die Stimme jetzt deutlich, auch wenn wir kein Wort verstehen konnten. Vorsichtig legte ich mich auf den Bauch und steckte den Kopf durch die Bodenöffnung.

Kontakt. Blickkontakt! Der Hobbydetektiv Peter Pettersen hatte es wieder geschafft!

Ein witziger Anblick übrigens. Unser Freund Regenbogenschopf stand fast bis zum Knie in altem Abfall und Dreck, während er mit dem linken kleinen Finger eifrig in der Nase bohrte. In der rechten Hand hielt er das berühmte weiße Drahtlose und damit unterhielt er sich auch. Der Anblick meines Kopfes, der langsam in der Decke erschien, verschlug ihm allerdings die Sprache, und Augen und Mund wurden in seinem verdreckten Gesicht weit aufgerissen. Ich konnte ungeduldiges Gegurgel aus dem Hörer schwallen hören, wie von jemandem, der versucht unter Wasser zu reden.

»Mahlzeit!«, sagte ich. Wo es doch nichts Vernünftiges zu sagen gab.

Er blieb einfach einige Sekunden nur stehen und glotzte mich an und die Stimme im Hörer gurgelte weiter. Über mir hörte ich, dass der Prof leise vor sich hin fluchte – oder vielleicht waren all seine harten Worte auch auf mich gemünzt.

Ich zog mich wieder hoch und machte es mir im Staub bequem. »Tut mir Leid, Prof. Das hätte ich gescheiter anfangen sollen.«

Er sagte nichts. Starrte bloß gespannt nach unten.

»Habt ihr Feuer?«, hörten wir von da. Der Typ kam nach oben, steckte den Telefonhörer in die Tasche und schaute uns fragend an. In seinem Mund bammelte eine unangezündete Zigarre.

»Diese Zigarre …«, murmelte der Prof. Dann schlug er sich auf die Stirn und fing an zu lachen. »Aber treten Sie doch näher, Herr Hovden!«

Und in diesem Moment fügte sich auch in meiner Birne das Puzzle zusammen. Der Typ hatte mir und dem Prof die Augen geöffnet. Einfach, weil er dastand und eine Zigarre zwischen seinen Lippen wippen ließ.

Er stieg schmunzelnd und fluchend die Treppe hoch.

»Teufel auch, Jungs. Jetzt muss ich mit dieser Unsitte wirklich Schluss machen. Wenn mich schon zwei wildfremde Leute an der Zigarre erkennen …«

»Erzähl uns lieber, warum jemand von der Umweltorganisation Bellona einen Job bei der CIH sucht«, sagte der Prof. »Aber ich glaub, ich weiß das auch so.«

Dass wir den Typ plötzlich als Reidar Hovden von der Umweltorganisation Bellona erkannt hatten, war im Grunde gar nicht so merkwürdig. Unser Unterbewusstsein hatte die ganze Zeit daran gearbeitet, seit wir ihn letzte Woche im Zug gesehen hatten. Auf dem Berg hatte ich ihn nur kurz von hinten sehen können, und als er aus dem Lastwagen stieg, war er zu weit weg. Aber der wichtigste Grund, warum ich ihn nicht erkannt hatte, obwohl ich sein Bild oft genug in der Zeitung gesehen hatte, war, dass er sein Aussehen ganz schön heftig verändert hatte. Seine langen Haare, die bisher gewissermaßen Hovdens Markenzeichen gewesen waren, waren verschwunden. Genauso sein wüster Bart. Durch diese Veränderungen sah er jünger aus und die Farbtupfen in den Haaren verstärkten diesen Eindruck nur noch. Erst jetzt, wo wir ihn mit der Zigarre im Mund sahen, ging uns ein Licht auf – denn die Zeitungen zogen eifrig über seinen Zigarrenkonsum her. Ein Umweltschützer, der pausenlos Zigarren raucht, ist natürlich komisch. Dass er im Zug Zigaretten geraucht hatte, lag sicher daran, dass er nicht erkannt werden wollte. Aber jetzt, wo er geglaubt hatte, er wäre allein, hatte er eine dicke Braune aus der Tasche gefischt …

Er zog hart an seinem Stinkadores, während er uns durch die Rauchwolken aus zusammengekniffenen Augen musterte.

»Ich dachte, ihr von Bellona wärt voll damit beschäftigt, den Giftskandal von Norsk Hydro aufzudecken?«, sagte ich. »Stattdessen treibst du dich hier unten rum und spionierst bei den Leuten von Natur & Jugend!«

Er musste lachen und kriegte den Rauch in den falschen Hals. »Ach, da haben wir den Bergsteiger! Spionieren? Ich musste doch sehen, ob ihr bei Inchem einen Treffer landen konntet.« Er sog weiter an der Zigarre. »Aber erzählt mir, was ihr so treibt. Wenn ihr nicht gerade Karten spielt.«

»Dasselbe wie du, nehm ich an«, antwortete der Prof. »Du hast dir doch keinen Job bei der CIH gesucht, weil du dringend Kohle brauchst.«

»Doch, klar!« Und er fügte hinzu: »Aber ich gebe zu, dass das nicht der einzige Grund war. Seid ihr bei Natur & Jugend hier unten?«

»Nix«, sagte ich. »Aber wir arbeiten mit einem Mädchen zusammen, das Mitglied ist. Bei der CIH ist was faul, nicht wahr?«

Er sah uns ein wenig skeptisch an. Als ob er nicht so recht wüsste, ob er uns etwas erzählen sollte oder nicht.

»Nun spuck's schon aus, zum Henker!«, rief der Prof. »Ich glaube, wir haben's eilig und vielleicht können Peter und ich auch ein paar Informationen mit einwerfen. Bellona muss ja nicht immer alles wissen, oder? Auch wenn es in der Glotze so aussieht.«

Reidar Hovden lächelte bei der letzten Salve des Profs ein bisschen schief. »Okay. Dann gib mir doch mal ein paar Tipps.«

Der Prof legte los mit seiner Theorie darüber, wie die Giftkonzentration im Fjord so hoch geworden sein könnte. Und wie er diese Theorie mit Hilfe der nachgelassenen Notizen von Großhändler Evensen entwickelt hatte.

Reidar nickte. »An dem, was du sagst, kann gut etwas dran sein. Aber wir von Bellona sind von der anderen Seite in die Sache eingestiegen, um das mal so zu sagen. Wir haben ja internationale Kontakte und von denen haben wir erfahren, dass die alte Herstellung von einzelnen Stoffen aus Abfall bei Krull in Hamburg eingestellt worden ist. Zu teuer. Oder, um es richtiger zu sagen: Daran ist zu wenig zu verdienen. Deshalb wurden wir misstrauisch, als die Fabriken hier unten so eifrig betont haben, wie gut diese Regelung funktioniert. Wir sind ziemlich sicher, dass in Hamburg irgendwas faul ist – und dass auf jeden Fall die CIH hier oben das genau weiß.«

»Aber es gibt doch sicher Papiere?«, sagte ich. »So eine Art Kontrolle.«

»Für die Großindustrie auf dem Kontinent ist es kein Problem, so was hinzubiegen. Die Firmen haben oft professionelle Bluffer angestellt. So ein Kleinkram wie diese Sache lässt sich mit ein paar Telefongesprächen vertuschen. Das Problem ist nur, dass das Gift von hier tatsächlich nach Deutschland gebracht wird. Aber wir wissen auch, dass nur ein kleiner Teil davon da unten weiterverarbeitet wird. Wo bleibt also der Rest? Wir haben Leute in der Firma in Hamburg, aber bisher haben sie nichts feststellen können, das darauf hinweist, dass die Fässer rausgeschmuggelt und irgendwo über Bord geworfen werden. Teile dieses Giftes, der größte Teil sogar, scheinen glatt in die Produktion zu gehen.«

»Das glaub ich allerdings auch«, sagte ich aufgeregt.

»Erklär!«

»Die CIH schickt etwa dreihundert Fässer von diesem Produkt auf einmal nach Hamburg«, sagte ich. »Ich weiß nicht, wie es heißt, aber es sieht aus wie Butter.«

»Genau. Und diese ›Butter‹ brauchen sie bei der Produktion. Das Gift dagegen …«

»Warte! Wie viele Fässer Gift geben sie jedes Mal an?«

»Die Giftmenge steht in festem Verhältnis zur Gesamtproduktion. Etwa dreißig Fässer pro Sendung.«

Der Prof und ich pfiffen im Chor.

»Und unten am Kai stehen sechzig Fässer mit Giftmarkierung von der CIH«, sagte ich. »Das müsstest du aber eigentlich wissen, schließlich bist du der Spion.«

»Was? *Sechzig* Fässer?«

Wir nickten. »Sechzig Fässer. Und dazu kommen die von Inchem, aber bei denen gibt's wohl keine Probleme.«

Er kratzte sich am Kopf und war einen Moment lang restlos von den Socken. »Ihr glaubt also, dass die CIH in Wirklichkeit doppelt so viel Gift herstellt und die Hälfte unterwegs über Bord gehen lässt?«

»Nein«, antwortete ich und hatte das Gefühl jetzt auf der richtigen Spur zu sein. »Ich meine, dass sie genau das Gift produzieren, das sie den norwegischen Behörden melden, und dass unterwegs alles über Bord geht. Die dreißig anderen Fässer, auf denen ›Gift‹ steht, gehen nach Hamburg und die Papiere stimmen. Nur enthalten die Fässer in Wirklichkeit kein Gift, sondern reine Ware. Diese Fässer sind ganz bestimmt irgendwie diskret gekennzeichnet, damit sie nicht mit den echten Giftfässern verwechselt werden können. Das lohnt sich nämlich für beide Betriebe. Offiziell haben die Deutschen das Gift übernommen und verarbeiten es weiter. Aber in Wirklichkeit gibt es in der deutschen Fabrik kein Gift von der CIH. Die echten Giftfässer werden unterwegs ins Meer geworfen.«

Der Prof nickte mir gnädig zu. Fand wahrscheinlich, dass er es auch nicht besser hätte sagen können.

Reidar Hovden grinste übers ganze Gesicht. »Und ich hatte schon Schiss davor, jetzt monatelang bei der CIH Komödie spielen zu müssen! Wenn eure Theorie stimmt, dann ist alles bald vorbei.« Er schlug mit der Faust an die Wand, worauf sich eine Staubwolke erhob. »Und ich bin verdammt sicher, dass sie stimmt.«

»Beweise«, sagte der Prof düster. »Peter hat Proben aus

den Fässern genommen, wir wissen also, dass diese Seite der Angelegenheit stimmt. Aber es bringt doch nichts, deshalb die Polizei anzurufen. Da kann die CIH sich leicht herausreden …«

»Jetzt müssen wir einfach ein bisschen Schwein haben«, sagte Reidar. »Wir können vielleicht schon heute Abend an Bord die Beweise bekommen. Ich werde mir die Giftetiketten gleich genauer ansehen.« Er zeigte in Richtung Meer. »Und unser gutes Schiff *Bellona* liegt irgendwo da draußen und reitet den Sturm. Wenn ihr Recht habt, können wir wohl davon ausgehen, dass die Fässer, die ›offiziell‹ mitsollen, für die *Francesca* eine volle Ladung sind. Das Gift von der CIH kommt also noch dazu und so eine Zusatzladung ist bei diesem Wetter gefährlich. Sie können also nicht lange warten, bis sie sie über Bord werfen. Ja, das ist wahrscheinlich der Grund, warum sie diese Sauerei so oft so nah am Land abgeworfen haben, dass sich das Gift im Steinsundfjord belegen lässt. Sie haben nicht gewagt damit auf hohe See zu gehen, wenn das Wetter nicht ausnahmsweise mal ganz still war.«

»Also scheint die Patience aufzugehen«, sagte ich. »Aber kann euer Schiff so dicht an die *Francesca* herangehen, dass ihr Fotos machen könnt, ohne entdeckt zu werden?«

»Nein. Aber ich hab hier in der Nähe ein Gummiboot versteckt. Könnt ihr gut schwimmen?«

Himmel! dachte ich. Aber da kam Gerd die Treppe herauf und deshalb brauchten wir diese Frage vorerst nicht zu beantworten.

Gerd war vom Besuch des großen Bruders Bellona weniger begeistert als der Prof und ich, aber sie ließ durchaus nicht den Schnabel hängen, als wir unsere Theorien zum zweiten Mal vortrugen. Jetzt hatten wir den Fisch an der

Angel, das konnten wir fühlen. Wir mussten ihn nur noch hochziehen und an Land bringen.

»Zehn Minuten«, sagte Reidar. »Dann muss ich zu den anderen zurück. Und diese zehn Minuten müssen wir gut nützen, wenn diese Aktion etwas bringen soll.«

Wir anderen nickten zustimmend.

Die Rache der Gottheiten

In der Dämmerung legte die *Francesca* am Kai an und sofort wurde mit Laden angefangen. Durch das Fernglas beobachtete ich alles, was da passierte, ganz genau. Ich ging davon aus, dass die aushelfenden Arbeiter wahrscheinlich keine Ahnung davon hatten, was sich da vor ihrer Nase abspielte. Aber der Mann, der den Kran lenkte, und die Mannschaft auf dem Boot mussten allesamt mit der Betriebsleitung unter einer Decke stecken. Wie raffiniert alles hingetrickst worden war! Alles ging in voller Öffentlichkeit vor sich und sah völlig legal und ungefährlich aus. Ein Boot wird beladen und fährt in der Finsternis davon. Das Natürlichste auf der Welt.

Der Prof stand zusammen mit Gerd neben mir. Blass und schweigsam. Die Rolle, die er jetzt spielen sollte, gefiel ihm nicht. Und uns anderen gefiel sie auch nicht. Es war ein schwacher Trost, dass es seine eigene Idee war. Wir anderen waren einfach nicht auf so einen wahnwitzigen Gedanken gekommen. Ich nahm an, dass er den Vorschlag gemacht hatte, weil er wusste, dass er ein schlechter Schwimmer war. Die Rolle, die er sich ausgesucht hatte, war ganz einfach sein Versuch sein Gesicht zu retten. Gleichzeitig war uns allen klar, dass sie für uns ungeheuer wichtig werden konnte, wenn die Aktion gelingen sollte.

Aber natürlich stand ich nicht einfach hier und bedauerte den Prof! Vor allem tat ich mir nämlich selber Leid. Ich hatte schließlich auf einem Gummiboot angeheuert, das bald von einem aufgewühlten Meer Prügel beziehen würde. Schon jetzt zitterten meine Hände so, dass das Fernglas hin und her wackelte. Nur Gerd wirkte ganz ungerührt. Sie war wohl schon öfter bei steifer Brise draußen gewesen.

»Bald sind die da unten fertig«, sagte ich. »Macht euch bereit!«

»Kannst du Reidar sehen?«, wollte der Prof wissen.

»Der steht neben seinem Wagen.«

»Dann geht's los«, sagte Gerd.

Es wurde seltsam still, als wir alle drei dastanden und uns bloß blöd anglotzten. Der Prof räusperte sich, aber seine Worte steckten ihm offenbar im Hals fest und konnten nicht heraus. Ich versuchte gar nicht erst etwas zu sagen. Gerd auch nicht.

Ich wandte mich wieder der Luke zu und hörte sie die Treppe hinunterpoltern.

Zehn Minuten später sah ich Gerd über den Kai rennen. Es war kurz nach neun, das Wetter war einfach scheußlich und die *Francesca* fast fertig beladen. Der Laderaum war voll, die Fässer, die jetzt noch übrig waren, kamen an Deck. Ich hätte meine Seele dafür verwettet, dass diese Fässer das Gift der CIH enthielten. Das Gift von Inchem war dagegen ganz zuletzt in den Laderaum gebracht worden. So ein bisschen echtes Gift macht sich bei einer unerwarteten Kontrolle doch immer gut! Die Zusammenarbeit mit der Inchem musste der CIH-Leitung doch sehr in den Kram passen. Ich widmete dem Hitzkopf Aby einen freundlichen Gedanken. Kein Wunder, dass er so stinkig gewesen war – er war ja wahrscheinlich genauso unschuldig, wie er behauptete.

Als ich Gerd so durch das Fernglas erblickte und sah, wie sie sich aufspielte und sich in den Hüften wiegte, war ich froh, keinen Mucks von der schwachsinnigen Unterhaltung hören zu können, die sie mit den beiden Heinis führen musste, welche die Fässer an Bord in Empfang nahmen. Alle drei lachten und amüsierten sich, vielleicht war es also witzig, aber trotzdem.

Ich ließ meinen Blick über den Kai bis zu einem Lastwagen wandern, der am Heck des Schiffes parkte, aber die Schatten an der Schiffsseite waren zu tief und ich konnte den Prof nicht entdecken. Trotzdem wusste ich, dass er da irgendwo stand.

Die beiden letzten Fässer wurden hochgehievt und sie pendelten über dem Betonkai hin und her, als Reidar seinen Wagen anließ und im Rückwärtsgang voll in eine Pyramide aus leeren Ölfässern bretterte. Das gab natürlich einen Höllenlärm.

Und so ein Patzer wird ja gern von Arbeitskollegen und anderen bemerkt. Vor allem, wenn der, der sich so blamiert, frisch angestellt ist und aus einem anderen Landesteil kommt. Manche lachten und manche fluchten und Reidar wurde all die Aufmerksamkeit zuteil, die er sich gewünscht hatte. Sogar der Kranführer ließ seine Hebel los und drehte sich einen Moment zu Reidar um.

Und da kam der Prof aus dem Schatten geschossen und lief an Bord des Giftschiffes *Francesca*. Er verschwand achtern in den Schatten und ich konnte nur feststellen, dass der erste Teil der Operation nach Plan verlaufen war.

Aber es bestand noch kein Grund erleichtert aufzuatmen. Denn wenn nicht alle anderen Teile des Planes auch hinhauten, dann würde der Prof in Hamburg enden – und ich im Erziehungsheim. Wenn ich überhaupt lange genug überlebte!

Ich schob das Fernglas unter meine Jacke und ging nach unten um auf die anderen zu warten.

Sie kamen kurz hintereinander. Erst Gerd, kurz darauf Reidar.

»So schnell?«, fragte ich und sah ihn an. »Was hast du mit dem Auto gemacht?«

»Stehen gelassen.«

»Und die anderen?«, fragte Gerd. »Werden die nicht misstrauisch, wenn du nicht so tust, als ob du nach Hause fährst?«

»Ganz bestimmt. Aber auch wenn die Sache heute in den Teich geht, bin ich mit der CIH fertig. Hab also nichts zu verlieren, soviel ich sehen kann.«

»Hast du die Fässer gecheckt?«

»Ja. Und ich kann euch sagen, ich war nicht der Einzige. Eure Theorie stimmt. Und das Gift steht an Deck.«

Wir gingen am Haus vorbei und auf der anderen Seite in den Wald. Auch auf dieser Seite führte ein schmaler Pfad zwischen Bäumen und Felsrücken hindurch und mir ging auf, dass wir jetzt direkt auf die Mündung und das Meer zuhielten. »Wo hast du dieses verdammte Boot?« Gerd wirkte skeptisch.

»In einem Bootshaus natürlich, wart's nur ab. Aber wir müssen uns beeilen, die *Francesca* ist schon fast aus dem Fjord heraus, wenn ich mich nicht sehr irre. Und ich weiß nicht, ob wir sie bei diesem Wetter einholen können, wenn sie zu viel Vorsprung bekommt.«

Gerd und ich machten reichlich lange Gesichter, als Reidar uns an der Südwand des Hauses vom alten Reinsvik vorbei und dann zu einem Bootshaus am Strand führte.

Mit der größten Selbstverständlichkeit griff er zu einem Schlüssel, der über der Tür hing, und schloss auf.

»Ist dir klar, dass Reinsvik hier als Wächter angestellt ist?«, fragte Gerd wütend.

»Ja. Und mir ist auch klar, dass er zu den Rentnern gehört, die Bellona jeden Monat mit ein paar Hundertern unterstützen«, antwortete Reidar. »Keine Panik – der ist unser Mann.«

Als Reidar vor ein paar Stunden von einem Gummiboot geredet hatte, hatte ich einen wackeligen Kahn vor mir gesehen, so einen, mit dem Kinder im Sommer am Strand herumplanschen. Aber das Boot vor uns war von ganz anderem Kaliber. Dicker, fester Gummi, hölzerne Ruderbänke. Flach, aber breit und solide. Es hatte einen Fünfundzwanzig-PS-Motor.

»Zieht die Westen an!« Reidar zeigte auf den Boden des Bootes. »Und vergesst nicht: Es gibt keinen Grund, richtig Muffen zu kriegen, auch wenn wir vielleicht da draußen herumtanzen müssen. Wir können nicht untergehen. Wir können höchstens umkippen, aber dazu gehört bei drei Leuten ganz schön viel. Setzt euch also hin und tut, was ich sage. Siehst du das Tau da hinten, Gerd? Bring mir das mal rüber. Das soll uns mit dem Boot verbinden. Im wahrsten Sinne des Wortes.«

Alles lief jetzt im Affenzahn ab und ich glaube, dass ich deshalb nicht so schrecklich nervös wurde. Reidars Beteuerungen, dass wir nicht untergehen könnten, glaubte ich nur sehr oberflächlich.

Wir öffneten die Doppeltür und schoben das Boot ins Wasser. Ein letztes fieberhaftes Überprüfen von Tauwerk und Knoten – dann ging's los. Weniger als fünfzig Meter vor uns konnten wir die Laternen der *Francesca* sehen, die auf Hamburg zu durch die See stampfte. Reidar ließ den Motor erst an, als sich die Entfernung noch vergrößert hatte, dann zog er ihn mit einem Ruck in Gang. Ich sah, dass Gerd ihr Ohr an das Walkie-Talkie gelegt hatte, aber ihr Gesichtsausdruck deutete an, dass sie noch keinen Kontakt zu ihrem Seemann auf dem Giftschiff bekommen hatte.

Mit einem Wahnsinnsschlag brach die erste Sturzsee über uns herein und wir wurden von den salzigen, eiskalten Tropfen gründlich geduscht. Dann haben wir's wenigstens hinter uns, dachte ich, als das Wasser mir in Schuhe und Socken lief. Hatte doch keinen Zweck, darum zu kämpfen, sich unter diesen Bedingungen trocken zu halten. Dann wuchs das Vakuum in meinem Bauch, als wir auf einem hohen Wellenkamm stehen blieben, ehe wir wieder in ein schwarzes, nasses Tal jagten. Total verängstigt war ich nicht, aber jedes Mal, wenn wir langsam wieder hochkamen, war ich ungeheuer erleichtert.

»Das ist gut!«, rief Reidar. »Der Wind hat etwas nachgelassen. Die Wellen sind groß, aber wir können uns gut darauf halten. Wenn wir ein bisschen Schwein haben, bleibt uns die ganz große Überraschung erspart.«

Kaum hatte er das gerufen, als das Meer einen langen weißen Strahl ausspuckte und ihn voll ins Gesicht traf.

»Wo liegt die *Bellona*?«, rief ich.

Er schüttelte den Kopf und verspritzte Wasser. »Gerade vor uns. Aber weit draußen. Es macht nichts, wenn sie sie in ihren Radar kriegen. Wenn sie nur genug Abstand hält. Bei dieser Finsternis fühlen die Drecksäcke sich sicher. Und uns sehen sie nicht!«

»Ich hab den Prof!«, rief Gerd. Sie hörte aufmerksam zu und redete selber auch in die Box.

»Was sagt er?« Ich musste brüllen um Wind und Motor zu übertönen.

Sie brüllte zurück: »Dass er kotzen muss! Und dann fragt er, ob er aus Deutschland was mitbringen soll!«

Wir fuhren eine halbe Stunde weiter ohne auch nur ein Wort zu wechseln. Es kostete zu viel Kraft und wurde doch bloß missverstanden. Aber Gerd saß zusammengekrümmt da und presste ihr Ohr an das Walkie-Talkie.

Plötzlich richtete sie sich auf und beugte sich zu Reidar zurück.

»Was ist los?«, brüllte ich.

Sie kroch zu mir nach vorne. »Er sagt, da vorn passiert jetzt was! Ein paar Mann an Deck. Bei den Fässern. Sie machen die Winschen klar.«

Das klingt sicher beknackt, aber ich war ganz einfach erleichtert. In diesem Moment war mir nicht einmal klar im Bewusstsein, dass diese Wahnsinnigen da vorne sich anschickten, das Meer zu zerstören. War bloß ungeheuer erleichtert, weil die Theorie stimmte.

Bald darauf meldete der Prof sich wieder. Das erste Fass war über Bord gegangen.

Reidar hielt den Daumen in die Luft und wir anderen taten dasselbe. Das war das Zeichen. Nun konnten wir nur noch ans Werk gehen und aufs Beste hoffen. Ich wurde zurückgeschleudert, als Reidar Gas gab.

Langsam wuchs das Schiff aus der Dämmerung und den Wellentälern. Wir konnten es immer nur sekundenweise sehen, weil es die ganze Zeit entweder hoch oder tief unter uns war. Scheißwetter! Ich war wirklich triefnass. War allmählich steif gefroren und total kaputt. Wie sollte ich diesen Alptraum durchhalten, bis wir an Land kommen würden? Und was, wenn es uns und den Leuten von der *Bellona* nicht gelingen würde, die *Francesca* aufzuhalten? Der Prof …

»Da!« Gerd zeigte auf das Schiff, aber ich musste warten, bis wir wieder auf einen Wellenkamm kamen, um zu begreifen, was sie meinte. Wir waren jetzt so nah gekommen, dass wir den Ladebaum sehen konnten, der über der aufgewühlten Meeresoberfläche ausgeschwenkt wurde. Unter ihm pendelten drei Fässer mit schwerem Schlag hin und her. Die Szene wurde von einem einzigen Scheinwerfer beleuchtet, der genau unter der Brücke angebracht war.

»Gerd! Jetzt! Halt uns gegen den Wind!«

Das hatten wir vorher verabredet. Gerd rutschte nach hinten und übernahm mit raschen Händen das Steuer. Sie kannte sich damit aus, das war klar. Ich hätte es bei diesem Wetter nicht einmal gewagt, mich dem Motor zu nähern, und das hatte ich auch ganz deutlich gesagt. Reidar krabbelte auf den Knien herum und machte den Fotoapparat fertig. Ein Riesending, sah aus wie gepolstert. Ich überlegte, wo er die Signalpistole haben konnte, von der er geredet hatte, und konnte gerade noch registrieren, dass er sie in der linken Hand hielt, ehe es knallte. Gleich darauf explodierte der Sturmhimmel über uns in einem blendenden blauweißen Licht. Wir rasten in ein Wellental und Reidar kippte vornüber, fluchte wie ein Bierkutscher, stand aber mit der Kamera bereit, als wir uns wieder hoben.

An dieses Wellental habe ich danach voller Dankbarkeit gedacht, denn es verhinderte, dass Reidar zu früh losschoss. Als wir wieder hochkamen und der Motor in der Kamera den Film zu packen bekam, war es noch immer gleißend hell und wir und die Kameralinse sahen deutlich, wie drei Giftfässer durch die Wasseroberfläche brachen und weiße Gischt zum Himmel spritzen ließen.

Nun ließen wir viele Seenotraketen steigen und die Mannschaft der *Francesca* versammelte sich an der Reling. Sie wussten natürlich nicht, wer wir waren, und sicher auch nicht, wie sie mit der Situation umgehen sollten. Waren wir wirklich in Seenot? Dann waren sie ja verpflichtet uns zu helfen. Aber irgendwo in ihren Hinterköpfen spukte sicher auch der Gedanke, wir könnten Umweltschutzaktivisten sein. Und das würde bedeuten, dass sie auf frischer Tat ertappt waren und dass das raffinierte Giftbeseitigungssystem der CIH-Leitung ein für allemal entlarvt war. Sie waren sicher in keiner leichten Lage. Die Arbeit mit den Fässern hatten sie eingestellt.

Und plötzlich war die *Bellona* da! Sie erschien wie der Fliegende Holländer, mitten zwischen den Sturmbrechern. Sie war so nah, dass wir das Holzwerk knacken hörten, als sie sich gegen den Wind vor den Bug der *Francesca* legte.

Ich fing wirklich an zu glauben, dass wir es geschafft hätten. Auf der *Francesca* brach jetzt das große Chaos los. Die Leute rannten an Deck durcheinander und niemand schien überhaupt noch etwas im Griff zu haben. Ich konnte mir ja die Probleme denken, mit denen der Kapitän jetzt zu tun hatte. Sollte er weiter abladen lassen oder war es besser, das restliche Gift an Bord zu behalten? Verdammt knifflige Klemme, in der er da steckte, denn dass er verloren hatte, stand auf jeden Fall fest. Der Prof ließ sich nicht sehen und ich betete, dass er es schaffen würde, versteckt zu bleiben, bis alles vorbei war. Gerade heute Abend würde ein blinder Passagier mit Walkie-Talkie auf diesem Schiff sicher nicht sehr populär sein, stellte ich mir vor.

Dann durchschnitt ein Licht die Nacht und wir erkannten in einiger Entfernung einen dritten Schiffsrumpf.

»Die Küstenwache!«, brüllte Reidar und schüttelte die Faust gegen Regen und Himmel. »Die Rache der Götter, Leute!«

Mitten im ganzen Chaos musste ich grinsen. Mir fiel ein, dass die Umweltorganisation Bellona ihren Namen nach einer römischen Kriegsgöttin gewählt hatte. Und nun war sie unterwegs und schwang die Peitsche, das stand fest. Und Neptun war sicher auch nicht sanft gestimmt.

»Hört doch!«, rief Gerd.

Wir hörten es alle. Thor hatte seinen Hammer hervorgeholt und der Himmel über uns füllte sich mit fliegenden Funken. Der Donner kam vom Meer hereingerollt.

Langsam drehte die *Francesca* bei und richtete ihren Bug wieder auf Eyhavn. Wir taten es ihr nach.

Epilog

Ich drückte auf den Tasten des weißen Drahtlosen die Nummer meiner Eltern.

»Ja? Pettersen.«

»Hier auch. 'n Abend, Mutter!«

»Sehr komisch, Peter. Den Trick mit dem Zug hättest du dir sparen können, finde ich. Rufst du aus Björkly an?«

»Nein. Ich bin auf einem Schiff.«

»Auf einem Schiff? Jetzt? Es ist Mitternacht und es ist … wir haben Sturm!«

»Weiß ich. Wir haben gerade angelegt.«

»Peter! Du machst Witze, nicht wahr?«

Ich warf einen Blick auf Gerd und den Prof, die in Wolldecken gehüllt waren und zusammen mit Reidar und den anderen Bellona-Leuten Tee tranken. »Nein. Blutiger Ernst, wie es heißt. Ich sitze hier und quatsche ein bisschen bei einer Tasse Tee, während meine Unterhose auf dem Ofen trocknet. Zusammen mit Gerd und dem Prof. Dieser Hovden, den du so fetzig findest, ist auch hier. Schade, dass du so weit weg bist.«

»Alles klar«, sagte Mutter. »Ihr habt euch am Stachelbeerwein vergriffen. Sag mir eins, ist dir die Schule zur Zeit restlos schnurz? Du weißt doch, dass du am Montag einen Aufsatz abgeben musst? Hast du noch den Durchblick?«

»Klar doch«, sagte ich. »Ich glaube, ich schreibe über das Thema ›Was wir tun können um unsere Umwelt zu bewahren‹.«

Sie seufzte. »Das hast du missverstanden, Peter. Du musst doch einsehen, dass *meine* Generation versucht diese Probleme zu lösen, indem sie tief ins Weinglas schaut.«

»Das weiß ich, Mutter«, sagte ich. »Das weiß ich.«

Weitere Abenteuer von Peter und dem Prof:

Ingvar Ambjörnsen
Die Riesen fallen
UT 1002

An einem Morgen ist der Schulhof mit Flugblättern übersät,
und die Wände im Flur sind mit Parolen besprüht. Eine
Organisation, die sich protzig »Norwegische Riesen« nennt,
ruft zum Kampf gegen die Ausländer auf, die angeblich die
Kultur und Lebensart des Landes zerstören. Die Polizei tappt
im Dunkeln und nimmt alles nicht so ernst.
Peter Pettersen und sein Freund der Prof finden die ganz
heiße Spur: Ein Mitschüler verhält sich verdächtig, ein seltsamer Porschefahrer taucht auf. Peter und der Prof entdecken
den Schlupfwinkel der Bande und geraten selber in Gefahr.
Doch sie sind nicht auf den Kopf gefallen; sie lösen den Fall
so weit, dass die Polizei zugreifen kann.

Ingvar Ambjörnsen
Endstation Hauptbahnhof
UT 1018

Die beiden Detektive Peter und der Prof stehen hier vor
einer neuen Aufgabe. Filla, ihr Freund, und dessen Kumpel
Stein sind verschwunden. Niemand weiss, wo die beiden
jetzt sind. Peter und der Prof machen sich auf die Suche
und stehen bald vor allerlei Rätseln. Die Spur führt schließlich in die Drogenszene am Hauptbahnhof. Filla, sein Kumpel
Stein und auch Peters Freundin Lena sind irgendwann da
hineingeraten und finden nicht mehr heraus. Und es gibt
genügend scheinbar ehrenwerte Bürger, denen das Schicksal
dieser Jugendlichen völlig gleichgültig ist.

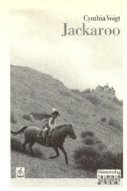

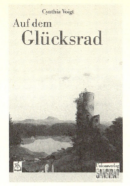

Cynthia Voigt
Jackaroo
UT 1003
Gwyn spottet stets über die
Legenden um die Volks-
helden, bis sie eines Tages
eine unglaubliche Ent-
deckung macht.

Cynthia Voigt
Auf dem Glücksrad
UT 1019
Birle, Enkelin von Jackaroo,
und Orien fliehen vor der
ihnen bestimmten Zukunft
und erleben große Aben-
teuer.

Mette Newth
Menschenraub
UT 1004
Das Inuitmädchen Osuqo
und ihr Freund werden
vom Kapitän eines Han-
delsschiffes nach Norwegen
verschleppt.

Norma und Harry Mazer
Tolle Tage
UT 1025
Vier Jugendlichen winkt
ein Praktikum bei einer
Tageszeitung. Es beginnt
eine spannungsgeladene
Zeit, die nicht immer nur
toll ist!

Lisa Tetzner
Die schwarzen Brüder
UT 1011
Von den Tessiner Jungen,
die als lebende Besen durch
Mailänder Kamine klettern
mussten und sich in ihrem
Bund gegen das Elend
wehrten.

Frederik Hetmann
Kinder der grünen Insel
UT 1030
Lorcan will ein Rebell
werden wie sein Vater,
doch aus diesen Träumen
wird plötzlich Ernst, und
ihm vergeht die Lust am
Heldentum.

mehr *lesen*

von Ingvar Ambjörnsen:

Der Prof kann es nicht fassen: Auf einem Fest erwischt er seine Freundin Jorun beim Knutschen mit Jarle, einem Ex-Junkie, der von den

Medien als neues Dichtertalent gefeiert wird! Am nächsten Morgen wacht der Prof in einem geklauten Auto auf und kann sich an nichts erinnern. Ihm ist klar, dass er unter Drogen gesetzt wurde. Aber leider ist das für die Polizei gar nicht so klar, denn in derselben Nacht wurde bei Jarle eingebrochen. Alle seine Disketten mit dem schriftstellerischen Werk sind verschwunden. Und prompt wird der Prof verdächtigt – wer sonst sollte schließlich ein Motiv haben Jarle eins auszuwischen? Zu allem Übel macht auch noch Jorun Schluss mit dem Prof – natürlich wegen Jarle. Als Peter und der Prof dem Rätsel nachspüren, stoßen sie auf eine ganze Reihe von Personen, die ein erstaunliches Interesse an den Disketten des Ex-Junkies haben.

Ab 12 Jahren, 188 Seiten. Gebunden.

Verlag Sauerländer